01
一個人KTV ◎著
混沌破天訣

CONTENTS

目錄

第一章 逆劍宗收徒

破天界，西北域。

烈日當空，在逆劍宗有些破敗的大門前的廣場上，幾十名稚嫩孩童盤膝而坐，手掐法訣，有模有樣的閉目吐息，不少孩童都是不時晃動著身體，也有不少孩童偷偷拿起衣袖擦著汗水。

大門前的臺階上站著兩個道士，年齡都不大，三十歲左右，背負寶劍，他們乃是逆劍宗的外門長老，此時的兩人面容嚴肅，目不轉睛的盯著廣場上的小童。

突然，一個有些稍胖的孩童蹦了起來，手舞足蹈，大叫道：「我凝出靈氣了，我凝出靈氣了，哈哈哈！」

聲音是說不出的興奮。

臺階上的白衣長老也是微笑著點點頭，說道：「不錯、不錯。」

另外一位身穿黑衣的長老卻是冷哼一聲：「修道之人當心如止水，不以物喜，不以己悲，坐下繼續修煉。」

聲音非常不悅。

小孩被黑衣長老嚇得不敢說話，只得乖乖坐下繼續閉目修練，坐下時還不停的用手擦小臉上的汗水，但小臉上卻是露出興奮之色，能凝出靈氣，就代表著可以修仙，那可是仙人啊！

這裡是破天界，破天界有五大皇族，軒轅族和東方、南宮、西門、北辰五個家族。

軒轅皇族坐鎮破天界中央，東方皇族、南宮皇族、西門皇族、北辰皇族分別坐鎮破天界四方。

但這破天界也有很多修仙宗門，就像這逆劍宗，萬年前被一個落魄書生一朝悟得逆劍術而創立。

書生用逆劍術打敗了這片區域的太多修仙者，因此自封為「逆劍上人」。

逆劍宗在逆劍上人的帶領下蒸蒸日上，在這西北域如日中天，門下修仙者數不勝數。但不知何故，逆劍上人神祕消失，逆劍術也沒被傳承下來。漸漸的宗門走向沒落，幾乎沒有人再來逆劍宗修行，但為了宗門的傳承，不得不向凡人村落招收孩童補充新鮮血液。

如今的逆劍宗也只有宗主王元是洞虛境一重圓滿修士，苦苦支撐著大局。

今天就是逆劍宗每三年一次招收弟子的日子。

破敗的廣場前，數十名孩童中間，有一個十歲左右的小孩，虎頭虎腦，閉目吐息良久，突然渾身一震，雙眼張開，目光有些呆滯，面露迷茫之色。

似乎心有不甘，咬著嘴唇，再次閉目調息，一會工夫，孩童再次睜開眼，但眼中的迷茫之色更甚，似是痴呆一樣。

這孩子名叫張逆，是回天峰峰主張默外出遊歷時撿到的，當時張默路過一條小河時見他奄奄一息的躺在一塊石板上，心中不忍，於是把他救醒後想要送回家，但他什麼都記不起來，也忘記了自己的名字。

張默輕嘆一聲說道：「既然我們有緣，那你就跟我姓張吧！我是逆劍宗的人，那你從今以後就叫張逆。」

「也不知張師兄哪找來的孩子，勤奮是勤奮，只是這腦袋有些不靈光，半個月的時間，也只有他沒有凝出靈氣，哎……」

白衣長老嘆息一聲。

黑衣長老眼中閃過一絲鄙夷之色，搖頭冷笑道：「修仙之途分為凝氣、真元、無海、虛空、洞虛等境界，每個境界又分為九層。凝氣乃是修仙之根本，若是半個月還不能凝聚一絲靈氣，那他這資質根本沒有辦法修仙，只得當個凡人了。我逆劍宗當年鼎盛時期收徒，都是要求半日凝出靈氣，如今條件放寬那麼多，此子若今天結束都還不能凝出靈氣，那只能說明他和本宗無緣。」
夕陽西下，暮色臨近。
白衣長老輕喝道：「今天凝氣吐納到此為止，大家都拿起自己的木劍，背誦一遍逆劍口訣就可以回去休息了。」
眾孩童紛紛拿起自己的木劍，臉色激動，他們都凝出了靈氣，只等明天正式加入逆劍宗就可以真正修仙了，於是都大聲背誦：「逆劍之術，如棋對奕，料敵先機，無招無我，以心御劍，以劍禦敵！」
背誦完畢，白衣長老微笑著揮揮手說道：「小傢伙們，你們都回去休息吧！明天準時到。」
眾小孩如釋重負，一哄而散。
白衣長老正要離開之際，張逆跑過來拉著他的衣衫，手裡拿著一柄木劍，目露期盼，聲音稚嫩地說道：「來耍劍，我們來耍劍。」
說完，放開白衣長老的衣袖，自顧自地在空無一人的廣場上亂刺起來，毫無章法。
黑衣長老冷哼一聲，拂袖而去，白衣長老見到張逆的情形也是搖頭嘆息著離開。

「這半個月來，這孩子一直這樣，每天練習結束都要拉著我看他舞劍，也不知道是受了什麼刺激。」

眾人都散去，月光撒在張逆的身上，只見他還在廣場上對著空中亂刺。

第二日清晨。

小孩們都早早的來到宗門前的廣場上等待著測試。

不多時，還是前段時間帶著他們凝氣的白衣長老面帶著微笑來到廣場，聲音溫和地說道：「小傢伙們，排好隊伍，一個一個的過來把手放在這個水晶球上面測試你們這段時間的成果，能凝聚出靈氣的就可以進入逆劍宗了。」

說著一個拳頭大小的，晶瑩透亮的圓球出現在他手上。

眾小孩看得有些好奇，也有些迷茫。都有些躊躇不前。

白衣長老又是溫和一笑道：「小傢伙們不用怕，這只是一個能檢測你們能否聚出靈力的水晶球，你們只要把手放在水晶球上面就可以了，它會自動檢測，如果能聚出靈氣，它會變成藍色，如不能，則不變色。」

隊伍中一個年齡稍大一點一個小孩忐忑不安地走向前去，把小手放在那個水晶球上面，他頓時感覺手上一陣冰涼之感，隨後大腦一片空白，短暫幾秒後又回復神志，他看到水晶球真的變成了藍色。

小臉頓時笑開了花，興奮地說道：「長老，我能進入逆劍宗修仙了嗎？」聲音很稚嫩，語氣非常激動。

白衣長老又是溫和一笑，語氣中帶著欣賞道：「很好，你很不錯。」接著又說道：「下一位。」

很快，眾小孩都經過測試，都能凝聚出靈氣，只等宗主王元出來舉行入門儀式，就可以正式成為逆劍宗的弟子。

只有張逆沒能聚出一絲靈氣，有些失落的站在另一邊。

不多時，宗門前來了六隊人，帶隊的六人都是頭戴道冠，身披白色道袍，個個眼神內斂，氣息渾厚，散發出強大的威壓。

這幾人都是逆劍宗內六個山峰的掌教，是逆劍宗的中流砥柱。

逆劍宗分為內門和外門，內門有六個山峰，分為寶丹峰，靈果峰，靈草峰，藏劍峰，天門峰，回天峰。寶丹峰專門煉丹，藏劍峰是收藏靈器，天門峰是發布任務，收藏武技、法術，回天峰負責宗門陣法。

外門只是一些沒能聚出靈力的凡人。

幾位掌教身後都依次排著數名弟子，氣場十足。

但其中有一個掌教後面只站著一個小女娃，這小女娃生得古靈精怪，兩隻眼珠在亂轉，偷描著這些準備入宗的小孩子們。

不時的嬌笑出聲，聲音非常悅耳動聽。而這位掌教名為張默，掌管回天峰，同時也肩負傳導宗門陣法。只見他掃視了這些孩子們一眼後，一把拉過白衣長老問道：「怎麼回事，那孩子半個月都還沒能凝出靈氣？」

聲音非常疑惑。

白衣長老苦笑一聲說道：「張師兄，這孩子其實還是挺勤奮的，只是腦袋有些問題，不過……」

話還沒說完，黑衣長老接口道：「也不知道這孩子這麼久了，有沒有記住我逆劍宗的逆劍術口訣？」

逆劍口訣百十字，一般小孩最多一天就能背下來，若真如黑衣長老說的半月都還不一定能不能記住，那這天賦得有多差啊！

張默聽後只是面無表情的點點頭。

這時白衣長老大聲地說道：「小傢伙們，你們現在可以挑選自己中意的山峰了。」

很快，所有弟子都被其餘五峰的人收完帶走了，張默也不在意，他回天峰只是一個管理陣法的地方，現在很少有人願意靜心學陣法。正準備回山峰時，突然看到張逆廣場上孤零零地站在原地。

張默愣了愣，微笑著向張逆招招手，溫和說道：「孩子，願意跟我走嗎？」

張逆拿著木劍垂頭喪氣地來到張默身邊，拉著他的衣袖小聲地說道：「師傅，我會耍劍。」

說完就退後一步，便開始對著天空亂刺。

頓時一眾小孩們是見怪不怪，紛紛譏笑不已。

「這個二愣子又開始犯什麼了，真是丟人，哈哈哈。整天就知道耍劍，我看是耍賤。」

其他山峰掌教聽到小孩子們的議論，也都發出一聲輕笑。

張默臉色發冷，一股恐怖的威壓瀰漫而出，一雙眼睛死死地盯著那兩個長老寒聲道：「告訴我，到底怎麼回事？」

白衣長老尷尬一笑，吞吞吐吐地說道：「師兄，這孩子第一天來讀了逆劍口訣後就這樣，我們也不知道這是怎麼回事啊！」

說著還不忘用手擦了擦臉上的冷汗，聲音帶著討好之意。

雖然張默是他師兄，但他們的境界相差太大，在這實力為尊的世界，實力弱想要生存就只得向強者陪笑。

黑衣長老則一個閃身來到張逆面前怒罵道：「少裝瘋賣傻的，快去拜師！」

「哎呀！」

黑衣長老一聲痛叫，橫眉豎眼的大吼：「豎子，你敢刺我！」

聲音非常有些不可思議，他一個真元境九重天居然被一個毫無靈氣之人給刺中了。

張逆被他有些暴怒的聲音嚇到了，手中揮舞的木劍也停了下來，退後幾步怯生生地說道：「我們來耍劍吧！」

眼神非常清澈。

黑衣長老頓時大怒，頓時真元境威壓釋放出來壓得張逆跪在地上，一個巴掌就扇了過去，怒罵道：「你這個白痴，耍你大爺。」

張逆被這一巴掌打得小臉腫得高高的，一邊用手摸著小臉一邊哭著說：「我只會耍劍，但沒人陪我耍劍。」

哭得非常傷心。

張默也被剛才那一幕震得愣了好一會才反應過來，頓時閃身來到黑衣長老面前，一個巴掌打了過去，威勢十足，但黑衣長老卻不敢躲。

白衣長老也飛掠過來死死地拉住張默的手苦苦哀求道：「師兄，他也是為了這孩子好，這孩子資質太差了，不適合修仙。莫不如做一個凡人，沒有煩惱。」

張默怒目而視，怒吼道：「怎地算無緣，我和他就有緣。」

聲音非常憤怒。

廣場上的這一幕頓時引得剛走出不遠的另外五峰掌教又走了回來，紛紛露出好奇之色。

「平時張默是個心性修養很好的人，怎麼今天像是變一個人，為什麼呢？」

廣場上，張逆見沒人阻攔，又開始耍起了木劍，耍了好一會，都沒人理他，隨後就停了下來，紅著雙眼，聲帶哭腔道：「我只會耍劍，誰來陪我耍劍！」

此時，一個帶著無上威嚴的聲音傳來：「何事在此喧譁！」聲音中帶著溫怒。

眾人只看到一個身穿金色道袍的中年人從空中慢慢的一步一步走來。踏空而行，這是虛空境的標誌。

「見過宗主。」逆劍宗所有長老、弟子都是神色肅穆，彎腰行禮。

張逆看了那宗主一眼又是帶著哭腔地大叫著：「我會耍劍，我會！」一邊叫著一邊用手揮舞著木劍。

旁邊一個掌教察言觀色看到這一變化，覺得宗主肯定會發怒，旋即厲喝道：「你們還愣著幹什麼，把他扔出去，莫要驚擾了宗主。」

頓時他門下走出兩個弟子就去抓那小孩。

張默剛要阻攔，便被他旁邊的一個掌教攔下，低聲說道：「算了吧！你沒看到宗主被那孩子氣得不輕嗎？」

聲音帶著責備的意味。

張默看了宗主王元一眼，閉上眼，一臉痛苦之色，他是真想收那下張逆。因為這是他前些天外出時在山間遇到的，見其可憐，又無家可歸，才帶回逆劍宗，本以為讓他先學會凝氣再收為弟子。

宗主王元看到張默那痛苦的神色心裡也有些不忍，心裡嘀咕道：「難道這孩子和張默有什麼關係嗎？不會是他私生子吧！」

隨既一步踏出來到張逆面前，順手把那兩個弟子扔了回去，柔聲道：「孩子，我跟你耍劍，可好？」

張逆頓時就笑了起來，說道：「好啊！好啊！我們來耍劍。」

王元也不拖拉，手一揮，隔空取來一柄木劍，也沒有用靈氣，一劍輕飄飄的刺向了小孩的面門，速度卻是極快。

在場的弟子和長老都忍不住閉上了眼睛，不忍看這孩子被刺到的情景。

這時，張逆瞥了一眼刺來的木劍毫不在意，只見他小手舉起自己的木劍，突兀地刺在了空中一處毫不起眼的位置，王元的劍頓時就停在空中，刺不下去。

隨後王元改變劍的軌跡，刺向前胸，張逆的劍勢也跟著變化，王元的木劍再次停住。

這下王元是看得清清楚楚，只要他這一劍刺下去，必定先被這孩子的劍刺中手腕或者別的要害。這孩子不是胡亂揮劍，是料敵先機，事先一劍封住了自己的退路。不由驚呼出來：「逆劍術！」

一臉不可思議之色。

在場所有人都是被「逆劍術」這三字驚到了，特別是黑衣、白衣兩位長老更是目瞪口呆，腦海中一片混亂。

王元扔了木劍，看著張逆柔聲道：「你的劍耍得很好。」

聲音中難掩興奮之意。

張逆聽了王元的話，也不哭了，用小手擦掉眼淚，笑著說道：「你也耍得很好，但要不過我。」

王元尷尬地笑了笑說道：「那你能告訴我，你這劍術是誰教你的嗎？」

「白衣叔叔和黑衣叔叔教的。」張逆開心地說道。

「嗯？」王元側目望去，只見兩人是一臉茫然。正要再問，張逆那稚嫩的聲音再次傳出，「逆劍之術，如棋對奕，料敵先機，無招無我，以人御劍，以劍禦敵。」

「啊！」

王元如遭五雷轟頂，一口老血差點就噴了出來，這口訣自從傳下，萬年來宗門無人能悟，都在懷疑這口訣的真實性，都認為絕世功法怎麼可能這樣兒戲拿來當著入門要背誦的口訣。豈料被一個認為有些痴傻的孩童在半月內悟出來。

王元愣了很久，隨後又傻傻地看著天空，嘆道：「逆劍祖師保佑，我逆劍宗萬年來終於出了一個真正的傳人了，可悲，可嘆，可笑，可喜。」

眼中隱隱有淚光在閃爍。

可不是嘛！萬年來無人領悟逆劍術，曾經的輝煌再也不會回來，宗門周圍的勢力被別的門派占了七八成，太希望有一個天才來帶領著他們走向輝煌了。

王元一陣大笑，笑得眼中含淚。他的笑聲震得在場所有人耳膜發疼，張逆也是雙手捣著耳朵。

王元看到這一幕，收住大笑，尷尬的撓撓頭說道：「孩子，你叫什麼名字？是從哪裡來？」

這時，張默一步跨出，來到王元面前把他撿到小孩的經過說了一遍。

王元沉默了一陣，朗聲道：「這名字師弟取得好。」

說完，又是一步一步踏空離開。

這時張默的腦海中響起王元的聲音：「張默，此子與你有緣，就讓他拜你為師吧！你的本領別人不清楚，我是清楚的。」

第二章

崖底苦修

五年後，逆劍宗。

回天峰的一座簡單古樸的木屋中走出一個少年，大概十五歲的樣子，身材勻稱，面容普通，只有那一雙眼睛清澈見底，透著一股靈氣，但也有一絲迷茫。

這人就是張逆，五年前，他被整個逆劍宗驚為天人，甚至一度被認為是逆劍上人轉世，但這五年來，他始終沒能凝聚出靈氣，王元慢慢失望，最終不得不放棄。

逆劍宗唯一一個領悟逆劍術的人居然不能聚出靈氣，老天爺給逆劍宗開了一個大大的玩笑，讓所有人升起了無限希望，又毫不留情的摧毀。

張逆心裡很清楚，他不是聚不出靈氣，在第一次聽到逆劍口訣的時候就凝聚出了靈氣，但被他丹田內的一個鐵塊吸收了，很快又吐出來更精純的靈氣，但不受他控制，直接融入到他的身體中，一點不剩。

這五年來張逆沒有一天落下修練，但都一直如此。他也找過張默查看丹田，但張默什麼也看不出來。

張逆更不知道自己是誰，也不知道自己從哪裡來。只記得他遇到張默之後的事，之前的完全沒印象。

這五年來雖然沒能聚出靈氣，但他的肉身力量變得很強大，舉手投足間，足有千斤力。

沒事的時候就學習師傅張默的陣法，同時張默也給他從武技閣帶些書籍，偶爾也看看醫書，下山給百姓治病，助人為樂。

今天又是逆劍宗一月一次發放靈石的日子，張逆伸著懶腰走向靈石閣。

靈石閣執事看到張逆走過來，皺著眉頭說道：「怎麼你們回天峰就你一個人來？另外三人呢？」

聲音非常不悅。

張逆對著那執事彎腰行了一禮，笑著回了一句：「師姐、師兄出去歷練了，很快就回來。師弟正在閉關衝擊凝氣七層。我能幫他們把靈石帶回去嗎？」

那執事點了點頭，隨手扔給張逆一個儲物袋，面無表情地說道：「你們四人的靈石都在裡面，別弄掉了。」

張逆接過儲物袋，打開看了看，笑著說道：「多謝執事大人。」

說完收起儲物袋哼著小調走了，心裡很滿足。

這些年來，張默經常外出給他找靈藥來改善他的體質，但都沒用。

張默這一脈有四人，張逆、唐靈兒、李兵、楊沙，他們四人親如兄妹，感情很深。

張逆慢悠悠地在前面走著，完全沒發現他身後有五六個和他同年的弟子在跟蹤。

很快，張逆到了一個峽谷前，峽谷的對面就是回天峰。

回天峰，高聳萬仞，像一把鋒利的寶劍直插藍天裡去，險絕異常。

這時一個有些消瘦的少年一聲大叫：「張逆，你給我站住。」

說完這個消瘦少年一閃身就出現在張逆的面前。

張逆被嚇得一個激靈，定神一看，是熟悉的同門師兄汪仁，也就放下心來，面帶微笑說道：「師兄，有什麼事嗎？」

汪仁冷笑一聲，高傲地看著張逆：「你這個廢物，這麼多年了都還不能凝聚出靈氣，還用宗門口靈石，簡直是浪費，給我吧！」

張逆慢慢收斂笑容，聲音也有些發冷：「汪師兄，你這是要搶劫我們回天峰的靈石嗎？」

說著還緊了緊掛在腰間的儲物袋。

汪仁哈哈大笑道：「搶了又能如何？難道你還能去宗主那去告狀嗎？」隨後手一招，大聲說道：「兄弟們，出來吧！圍住他。」

頓時從石頭後面竄出五個人，把張逆圍在中間，都是面帶戲謔之色看著他。

張逆看了這六人，都是凝氣八重，心中暗道：「看來今天是栽了，如果是兩個人的話我還能用武技和陣法取勝。看來要拖延一下時間看有沒有人從這裡經過。如果就這樣給他們又心有不甘，何況又有師姐他們的。」

「你們難道不怕我告訴你們掌教嗎？」

汪仁像看白痴一樣看著張逆說道：「我們掌教會相信你說的話嗎？別再拖延時間了。」

說完一個火系法術扔向張逆。

張逆也不示弱，力運右手，一拳迎上那奔來的火球，「砰」一聲炸響，火球頓時四散而開。

張逆怒吼道：「汪仁，你這是要觸犯門規嗎？」

他心裡卻是在尋思著如何逃跑。

汪仁也是一愣，他不敢用全力，怕把張逆打死，那就真的觸犯門規了。看到火球被打散，頓時大怒道：「一起動手。」

六人紛紛抽出自己的靈器，靈力注入其中，同時掐動法訣，長劍脫手而出，化作璀璨長虹，光芒四射，靈氣騰騰，直奔張逆刺來。

張逆一拳攻向一柄靈器，那柄靈器頓時被砸落在地上，但他的手也受了一點傷，畢竟沒有靈力護體，全靠肉體力量。這時另外五柄靈器也到近前，顧不上手上的傷，流星拳法中的一式滿天流星使出，頓時滿天拳影如流星般砸向那五柄靈器，「砰砰砰砰砰」五聲巨響震得他口吐鮮血，他的身體也被震得滾到崖下。

汪仁六人準備去拉，但也來不及了，一個個頓時嚇得魂飛魄散，口中喃喃不斷：「我殺人了，殺人了。」

幾人都還是十四、五歲的少年，打架不怕，要說殺人是萬萬不敢的。

張逆看著自己下墜的身體笑了，喃語道：「我就這樣死了嗎？或許也不錯吧！只是對不起你們了，師傅、師兄、師姐、師弟，你們都要好好照顧自己。」

話沒說完，心臟一陣鑽心的疼痛傳來，頭一歪，暈了過去。

不知道過了多久，張逆睜開眼，看到自己躺在一個水塘邊，又看了看四周，都是鬱鬱蔥蔥的樹林，離他不遠去有一個山洞，自嘲一笑道：「原來這世界上還真有地府，而且景色空氣都還不錯。」

說完又暈了過去。

又不知道過了多久，一陣鑽心的疼痛刺激著大腦，張逆再次睜開眼，說道：

「怎麼到了地府都還這樣疼？」

說著還艱難的用手捏了一下有些扭曲的小臉，頓時倒抽了一口涼氣。

「嘶！」

「好痛，難道我還沒死？可是不應該啊！這麼高摔下來怎麼會沒摔死呢？可能是掉水裡的原因吧！」張逆如此想著。

又用了一段時間，艱難地走進山洞，入眼一看，裡面寬敞無比，裡面還有一個石桌，有兩個石凳，石桌上放著一個不認識用什麼材料做成的盒子，盒子上還有厚厚的一層灰，看樣子應該是放了無數歲月。

張逆走到石桌前，用手擦掉盒子上的灰塵，看到那盒子上寫著「混沌破天訣」五個大字。當拿起盒子後，石桌上出現了一段小字：「希望後世有緣人能習得混沌破天訣，改變這混亂的世道，還諸天一個太平。」

張逆自嘲一聲：「可能要辜負前輩的好意了，我連靈氣都凝聚不出來，如何去改變這混亂的世道。」

就在這時，那石桌和石凳慢慢消散，化成一絲藍氣鑽入張逆的身體。

很快，張逆感覺到身體變得暖洋洋的，身上的傷痕也完全消失，傷勢也在好轉。

「怎麼回事？」

張逆急忙查看，但什麼也沒看出來。

張逆搖頭笑了笑，打開了盒子，頓時一股歲月滄桑的氣息迎面而來，定睛一看，盒子裡只有一枚玉簡和一個不知道用什麼材料做的戒指。

張逆好奇地用手摸了摸玉簡，有些冰涼，正準備好好打量時，那個玉簡化為一道流光竄進了張逆的腦海，繼而便是一股龐大的資訊帶著侵略性，強勢湧入他的腦海。

這突如其來的變化讓張逆還沒來得及反應，就感覺到腦海傳來撕心裂肺的疼痛，這讓張逆忍不住抱住了頭，痛叫連連。

不過這疼痛來的快，去得也快。

不消多時，張逆甩了甩腦袋，額頭上的青筋緩緩散去，有些暈眩的雙目也隨之青明。喃喃道：「這是怎麼回事啊！」
隨後檢查了一下身體，也沒什麼發現，隨手把戒指套在左手中指上，嘆了口氣，「哎！還是修練一下吧！」
張逆就在石桌旁盤膝而坐，進入了修練狀態。
一瞬間，他就覺察到有異，意識沉入神海，他看到神海上方空間有一本書，上面寫著「混沌破天訣」五個大字燦燦生輝，整本書散發著璀璨的金光，籠罩著神海，神海也在蛻變。
他感覺到自己的靈魂得到了升華，心靈也變得澄明透徹。他彷彿能看到這山洞內各個角落，更能聽到各種植物的聲音，在述說著生命的美好。
張逆的臉上頓時浮現出抑制不住的狂喜。
意識沉入書中，張逆感覺自己來到了一個神奇的空間，這個空間寬敞無比，抬頭一看，無數星光燦爛。
這時，一個縹緲的聲音響起：「歡迎來到混沌破天訣的書中世界。」
張逆被嚇了一跳，大喊道：「誰，誰在說話？」
周圍一片寂靜，等了許久也沒有回音。

張逆懷著忐忑的心情左看右看，感覺自己置生在無數星河之中。突然感覺到手上有異，一本書出現在手裡，張逆定睛一看，混沌破天訣五個大字古老而滄桑，不自覺地翻開了第一頁，他感覺翻開了一個世界，書頁上的字依舊清晰如初。

上面寫著：「混沌破天訣總綱」，張逆接著往下看。

「天地之初混沌蒙，陰陽五行衍萬物，日月星辰隨運轉，萬物生息由此出，混沌之中藏玄機，天地之祕已透露，修煉此訣得真諦，破天之道在眼前。」

張逆被這段文字深深的吸引，不知不覺的沉入其中。

也不知道過了多久，張逆才清醒過來，突覺身體有異，意識退出書中世界。他發現身體上的傷奇蹟般地好了，而且還沒有一點疤痕，肌膚也變得白皙光滑。而且還能凝聚出靈氣。

張逆忍不住咂咂嘴：「這皮膚比師姐的還好，她不得羨慕死我，嘿嘿嘿，師傅，你們還好嗎？徒兒我的凝出靈氣了。」

說完忍不住哈哈大笑起來，震得山洞都有些顫抖。

笑了好一陣，張逆看向自己的丹田，只見那鐵塊變成了一個劍柄，靜靜地懸浮在丹田之中，沒有再吸收他的靈氣。

張逆想把那劍柄拿出來，害怕它哪天心情不好，又要吞噬他辛苦凝聚出來的靈氣，但也沒辦法。

「這混沌破天訣果真不錯，就感悟一下總綱就能給我這樣翻天覆地的變化，如果真能練成，說不定真能改變這世界，也不知道是哪位前輩創造的這功法，真是比神人還神。」

再次來到書中世界，平復一下激動的心情，繼續觀看。

「這宇宙中的任何功法神通都是由混沌破天訣衍生而出，不同的人修練此功效果都不同，此功法共分九層，每一層都是一種天地，非有大毅力者不能修練，希望後世小子能用此功法讓這宇宙再無戰爭。」

第一層：感應混沌、第二層：接納混沌、第三層：平衡混沌、第四層：運用混沌、第五層：掌控混沌、第六層：驅使混沌、第七層：融合混沌、第八層：創造混沌、第九層：破天之境。

張逆的小心臟怦怦直跳，有些口乾舌燥地說道：「這到底什麼功法啊？看這介紹，比逆劍祖師的逆劍功法不知道強了多少倍。」

忍不住再次翻開了第二頁，是一幅經絡圖，玄奧無比，只是掃了一眼，張逆的心神就不由自主地陷入其中，身體內的靈氣也開始按照經絡圖的指示運行。他發現全身七百多個穴位也接連不斷的被衝破，然後又是奇經八脈也相繼被打通，接著又開始鍛鍊著他的每一寸肌膚，每一截骨骼，每一滴血液。

同時他的腦海中也是一陣嗡鳴，像是被撕裂一般。

現在的張逆形態非常恐怖，七竅流血，臉色猙獰可怖，同時身體也在溢血。

這撕心裂肺的疼痛再加上靈魂的撕扯，讓張逆恨不得馬上死去，但他咬牙堅持著，口中不斷大吼：「我不要變廢物！」

也不知道過了多久，張逆才緩緩收功，內視了一圈，只見他粗糙的骨骼也變得平滑有韌性，骨骼之上還有淡淡的紫氣環繞，非常奇異。

再看體表，一層厚厚的汙垢，還有陣陣惡臭傳出。

還來不及出去清洗，頓時天地間的靈氣開始向他的身體湧入，幫助他滋養骨骼筋脈，身體和靈魂上的疼痛也在慢慢消散，感覺自己在寒冷的冬天沐浴著溫暖的陽光一般，全身暖洋洋的。

「這些疼痛果然沒有白費。」

張逆輕輕握著拳頭，清楚的感受到肉身變得更加強大。也驚訝的發現丹田破分裂成了丹海，那一個劍柄就靜靜的飄浮在海洋上，丹海可是虛空境才能開闢出來的，而現在的他還只是凝氣境，驚得他的嘴巴張得老大，久久不能回神。

此刻的他，能更清晰的感應到大自然的一切，鳥語花香，嫩芽破土，花苞待放，萬物復甦，這是他以前從未感應到的。

張逆嘿嘿一笑道：「這混沌破天訣真是變態，怪不得說非大毅力者不得練，就這一次就差點要了我的小命。不過這效果也是非常明顯的。這第一層的第一步就是煉體煉魂，再感應混沌之氣，但我現在這丹田變成了丹海，那以後進階怎麼辦啊！這需要的靈氣那不得海量啊！」

活動了一下身體後，繼續觀看混沌破天訣，看完了第一頁後張逆長長地出了一口氣，也終於明白了這混沌破天訣的霸道，隨既又打了個冷顫，煉體煉魂一次就夠我受了，以後也不知道還要多少次啊。

拋棄腦海中的雜念，張逆盤腿進入感悟狀態。

半月後，張逆睜開眼笑道：「不錯不錯，我也感應到一絲混沌之氣，現在我的修為也達到了第三層，也該練習武技了。」

「不過這混沌破天訣第一頁還記載了練丹術，我現在有靈力了，可以嘗試著練習，還好我這五年來也學習認識不少藥材。」

破天界每個修士修練的都是法術和神通，而功法則很少修練。法術是透過對自然力量的理解和控制來感悟，它擁有神祕的力量或超自然的力量，可以通過特定的咒語、儀式或技巧來激發，有著恐怖的爆發力。它對靈力的需求特別依賴。它需要很好的悟性。

而功法是透過實踐和訓練來獲得的技能或技巧，具有很強的實際性。它需要強大的肉身作為載體，就算在沒有靈力的情況下也能發揮出不錯的威力。它需要很強的悟性和堅韌不拔的毅力，可能一部功法練習很久也沒多大效果。

張逆在山洞裡練習了幾遍流星拳，這流星拳共有三式。

第一式：破空，每一拳打出都有破空之聲，力量霸道。它的威力在於以腰部的力量帶動拳頭以極快的速度揮出，行成強大的破壞力。

第二式：追星，每一拳打出的速度是快若流星，讓人防不勝防。這一式雖然力量不如第一式，但勝在靈活多變。

第三式：鎮魔，這一式非常霸道，它能夠快速調動全身力量，以一種超越物理極限的方式爆發，練到精深時，具有毀天滅地的威力，但同時也對自身造成具大的傷害。

擦了擦汗水，張逆看著這被流星拳破壞的場景也是嚇了一跳，大笑道：「這流星拳用靈力施展果然威力不錯，和那些真元境一二重修士使用基本法術的威力不相上下。」

隨後又練習了化劍術、火焰術、冰凍術等一些基本法術，這些都是祕訣在逆劍宗時也看過，沒能凝聚出靈力，也從沒有修練過。當時看著師兄師姐們練習法術時產生的震撼效果，心裡十分嚮往。

但現在張逆覺得自己施展的法術效果比他們強太多了，就像火焰術，張逆手指一點，一團碧綠火球瞬間就把對面的一顆十公尺高的樹燃燒成灰，還只是用了少許靈力。而他的師兄師姐們施展時後會有些靈力空虛，還達不到這樣的效果。

張逆看向身體內那龐大的丹海，頓時有些洩氣，喃喃道：「這麼龐大的丹海我要何時才能進階啊！」

隨後從儲物袋裡拿出僅剩的兩瓶靈液直接吞下，運轉混沌破天訣煉化，不消片刻，兩瓶靈液全部被煉化，丹海中的靈氣才增長了一點點。

這在逆劍宗可是沒人敢在凝氣境直接吞服兩瓶靈液，否則直接會爆體而亡，可現在凝氣三重的張逆卻是沒感覺到靈力增長多少。

「哎！」張逆不由嘆了口氣，「看來我也要多尋些藥材去找別人煉丹了。也不知道戒指裡有什麼能提升修為的丹藥？」

自從戒指認主後張逆還沒時間檢查裡面有什麼，直到現在才想起來。

神識感應空間戒指內有幾百個玉簡，大部分都是煉丹意境，還封印了一團火焰。

張逆頓時興奮得大叫起來，有火焰就可以煉丹了，不然光靠宗門每月發的那兩瓶靈液，要何年何月才能提升修為。

仔細看那火焰封印上的介紹：「太初仙火之初生火焰，也稱生命之火，是宇宙中最早的火焰，能輕鬆被混沌破天訣煉化。」

張逆也沒有猶豫，運轉混沌破天訣破開封印，將太初仙火煉化。這煉化過程是出奇的輕鬆，半個時辰後一團小火苗就出現在丹海上空。

站起身來活動了一下身體，赫然發現他的修為提升到了凝氣九重，全身骨骼、筋脈、血肉再一次得到很大改善。就連精神力也達到了地階巔峰，這精神力可是最難提升的。

張逆哈哈大笑道：「想不到煉化這太初仙火就能讓我得到這麼多的好處，真是天大的造化。這下可以學習煉丹了。」

張逆再次看向那些有煉丹意境的玉簡，先挑選了最低階的築基靈液意境玉簡，捏碎玉簡後，神海中出現一個人影在煉製築基靈液，每一個步驟都深深的刻印在腦海裡。

很久，意識才從那意境中退出來，張逆笑道：「我也嘗試煉築基靈液吧！」又在儲物袋中一頓翻找，終於找到了兩份築基靈液的藥材。

張逆靜心凝氣之後，心念一動召喚出仙火，以御氣之法掌控火焰，凝聚成一尊火焰爐鼎。按照意境中示範的順序把藥材投入火鼎，仙火湧動，投進去的藥材全成了灰。

「怎麼會這樣呢？」張逆閉目沉思了一會，睜開眼，笑道，「應該是溫度太高了吧！那降低溫度試試。」

再次把最後一份藥材投入火鼎，藥材快速的枯萎了下去，一滴滴各色藥液被提取出來，然後慢慢融合。

這是一個緩慢的過程，張逆一直保持著心境空明，注意力高度集中，慢慢的，他的全身都湧出汗水

就在他快要堅持不下去時，一陣藥香瀰漫。

「出。」張逆一聲冷喝，那火鼎中，有一團靈液飛出，張逆大嘴一張，靈液直接被吞下。仔細的感受了一下，質量比宗門發的還要好一些。

張逆咂咂嘴笑道：「真不錯，我真是一個煉丹天才，以後不愁丹藥了。馬上出發找藥材。」

說完之後更是哈哈大笑了起來。

茂密的樹林中，張逆精神力四散開去，感應著靈藥的位置，這一路上他也收穫了不少靈藥，他也不管是煉什麼丹的材料，只要是靈藥，就是一路掃蕩。

但也遇到一些一級一階妖獸，發生過好幾場大戰，都是憑藉著流星拳的力量和速度解決，但沒有得到妖丹。

妖丹可是非常稀有的，擊殺一百頭妖獸也不一定能得到一顆妖丹。

破天界的妖獸也是劃分等級的，一級妖獸相當於人類的凝氣境，二級妖獸相

當於人類的真元境，一級一階妖獸同樣相當於人類的凝氣一重修士的實力，不同品種的妖獸實力也是相差很大。

來到一顆大樹下時，張逆發現了幾株聚靈草，一般這種藥材都會有一些強大的妖獸守護著，張逆左看右看也沒發現有什麼妖獸，但他還是小心翼翼的走向聚靈草。

就在他快要走到的時候，突然旁邊的草叢中一聲虎嘯響起，緊接著一頭老虎向他撲來，張逆就地一個翻滾，流星拳第一式破空一拳打出，他感覺自己是打在了鋼板上，退後幾步眼睛直直的盯著這頭老虎，這頭老虎全身毛髮黑白相間，也在憤怒地吼叫著盯著他。

張逆本來就是一邊找藥材一邊戰鬥磨鍊自己。這頭花斑虎還不到二級，只是一級巔峰，在他能承受的範圍之內。

這時，花斑虎又是一聲虎嘯，後腿一蹬，張著大口向著張逆再次撲來，張逆也不示弱，以腰部力量帶動拳頭再次破空一拳砸向花斑虎的腦袋。

「砰」的一聲巨響傳出，花斑虎和張逆都是退了好幾步，張逆的手臂被震得發麻，而花斑虎則是又發出幾聲虎嘯，再次撲來，虎爪快要到張逆胸前時，張逆突然一個後仰，躲開虎爪，又是一拳破空砸在花斑虎的肚子上，花斑虎的身子被打得在空中轉了好幾圈。

張逆也顧不上手臂傳來的疼痛，流星拳第二式追星一拳打出，本來快要落地的花斑虎再次被打上空中，張逆見勢一拳又一拳不見斷地打出，而花斑虎在空中無處著力，像一個球一樣被張逆的拳頭打向天空，剛開始的時候花斑虎還是虎嘯不斷，後面慢慢沒聲了。

「轟！」花斑虎的身體砸到地上，口中不斷的流著血液，但還有氣，張逆又是一個閃身，騎在花斑虎身上，又是一拳拳的打在腦袋上

不知過了多久，他全身是血的趴在花斑虎身上，大口大口的喘著粗氣，過了好一會才苦著臉說道：「真是僥倖，這花斑虎妖獸還沒突破二級，不然真的就要掛了。」

只是此時的花斑虎腦袋都被打爛了，出現了一顆亮晶晶的物體。

第三章

七彩神石

張逆拿著那亮晶晶的物體咧嘴笑道：「真沒浪費這番力氣，終於得到一顆妖丹。」

把那花斑虎的身體收入儲物袋後，又把聚靈草收走，快速的離開了戰場，他現在有些虛弱，害怕附近的妖獸聽到聲響趕來那就玩完了。

半個時辰後，天漸漸黑了。張逆找到一個山洞，這附近都很安靜，精神力探查了一下，沒有任何妖獸，急忙進群洞中，盤膝而坐，運轉功法恢復靈氣。

一夜無話，轉眼第二天中午，張逆被一聲驚天炸響驚醒。

張逆收功起身走出洞外查看，只看到不遠處的天空一頭黑蛟在和一個紫衣女子大戰，打得是驚天動地，只見黑蛟的尾巴向著紫衣女子拍去，紫衣女子在空中一個瞬移，來到了黑蛟背上，手中長劍綻放出璀璨的光芒，無數劍芒斬向蛟身，頓時蛟身上就出現了好幾道傷口，蛟血也濺到了紫衣女子身上，同時蛟的尾巴也砸到了女子背上。

紫衣女子頓時噴了一大口鮮血。

「你這個孽畜，真該死！」

聲音非常清冷，再次幾道劍光落在黑蛟的傷口上，黑蛟頓時就被斬成了好幾截，但紫衣女子也全身脫力，從空中砸落下來，正好落在張逆身旁，昏迷不醒。

張逆咂咂嘴：「這女人真彪悍，能夠御空至少也是虛空境吧！哎！我要什麼時候才能達到這樣的高度啊。」

張逆轉頭看向那紫衣女子，彎彎的眉毛，小巧的鼻子，一張絕世容顏，美得讓人窒息。

張逆這小屁孩也嚥了咽口水，喃喃道：「真誘惑。不會死了吧！那她身上應該有寶物什麼的，可以撿來用。」

說著就走到那紫衣女子身邊，用手查探了一下，居然還活著。

「看妳長得這麼美，還是救一下妳吧！至於能不能救活妳就看老天爺了。」

張逆嘀咕著把紫衣女子背回山洞，放在一塊青石板上，開始運轉混沌破天訣給她療傷。

不多時，紫衣女子緩緩睜開眼，開始自行運功療傷。

張逆笑道：「前輩，妳終於醒了，不然我一個凝氣境也做不了什麼了。」

說著躺在另一塊石頭上，他累壞了，凝氣九重的靈力都消耗的七七八八。

紫衣女子紅唇微啟，柔聲道：「謝謝你救了我。」

聲音很好聽，但非常清冷。

「沒事、沒事，如果前輩肯賞我點丹藥什麼的，我會很開心的。」張逆乾笑著說道。

心裡卻在想：「老子全部靈力都用來救妳了，妳至少得給我幾顆丹藥恢復恢復吧！」

紫衣女子正想說什麼，突感身體有異，有些發燙的徵兆，大腦也有些暈乎乎的。

急忙內視查探，她感覺到她吸收了那條黑蛟的血液的原因，運起全部靈力鎮壓，可是一運轉功法，那血液擴散得越快，慢慢的她感覺理智在消失。

張逆沒聽到那紫衣女子回話，以為她不願意給，索性閉目運功調息，口中嘟囔：「真小氣，白救妳了。」

慢慢地他聽道那紫衣女子在撕扯自己的衣服，口中還發出叫聲。

張逆急忙睜開眼，頓時目瞪口呆，只見那女子在他身邊，還不斷撕掉他的衣服，櫻桃小嘴還在親著他的小臉。

就在張逆愣神的這一會，他的衣服也被那女子給撕完了，運起靈力開始反抗，但被那女子恐怖的威壓壓得動彈不得，隨後他就感覺到自己的嘴被女子用嘴堵住了，再然後就被那女子壓在身上。

張逆心中在哀嘆：「前輩，我才十幾歲啊！」

半夜，女人悠悠醒來，身體的疼痛讓她忍不住睜開眼，她看到她自己正躺在一個男人的懷裡。

頓時驚怒交加，反手就是一巴掌打在男人的臉上，而這男人閉著眼有氣無力的聲音傳出：「前輩，我真不行了，饒了我吧！」

說完又沉沉睡去。

女子聽得差點氣暈了過去，急忙穿好衣服，調整了一下自己的情緒，想想到底發生了什麼事？

不多時，女子也終於想起了事情的經過，只是一張絕美的臉上紅霞布滿。口中還念念有詞：「我居然……居然把一個十多歲的小孩給那個了？不過這小子身體真棒。該怎麼辦？直接一走了之？好像又有些心有不甘。直接讓他負責？」

這女子就神神叨叨的在此過了一夜。

第二天，張逆緩緩睜開眼，一縷陽光照進洞內，感覺暖洋洋的。張逆左看右看，只見白衣女子正在另一塊石頭上面打坐，又想起昨夜那一幕，不由得低下頭。他看到自己的衣服穿得整整齊齊的，而且身上沒一點傷痕，他記得他昨晚可是被那女子抓了好多傷痕的。難道昨晚是我做的夢？

張逆一躍而起，頓時又感覺到有些不對，立即運轉混沌破天訣，半晌後，一聲驚呼破壞了這安靜的山洞。

他發現他進入了真元境第一重，而且境界很穩固。

張逆不由得想道：「難道我做一個夢就進階啦！這也太不可思議了吧！」

那女子睜開眼看了張逆一眼，頓時俏臉有些發燙，急忙調整了一下情緒，冷著臉說道：「怎麼了，大中午的鬼叫什麼？」

聲音依然很動聽，但夾雜著一些羞怒之意。

「前輩，我們昨晚沒發生什麼事吧！」

張逆尷尬地笑了笑，有些忐忑不安地看著那女子。

那女子當即頓住，心中有些鬱悶：「昨夜還叫沒發生什麼事？果然男人都沒一個好東西。」

俏臉頓時變冷，說道：「別叫我前輩，我叫蔡冰顏，你可以叫我的名字。」

聲音有些冰冷。

「蔡姐。」張逆急忙彎腰行了一禮。

「不知怎麼回事？作了一個夢就突破到真元境了，真奇怪。」說著還撓撓頭，一臉的困惑。

蔡冰顏也是一愣，心中很不是滋味，你那是作夢嗎？是本姑娘用洞虛境靈力給你治傷才提升的，衣服都還是我給你穿的。

真是個沒良心的東西，吃完了就找藉口，不敢認帳。但還是隨口問了一句：「你做什麼夢了？」

張逆一時不知道該如何回答，結結巴巴地說了半天也沒說明白。

「我、我和妳……妳把我……」

憋得張逆是小臉通紅。

蔡冰顏的俏臉頓時也有些發燙，有些嬌羞地說道：「那你想夢成真嗎？」

說完就後悔了。

「想。」張逆脫口而出。

張逆也晃晃蕩蕩的來到蔡冰顏的身旁坐下。頓時一股難以言喻的氣息刺激得他又想起昨晚那一幕。

蔡冰顏也不敢看他，閉目假裝調息，小心臟撲通撲通的跳個不停。聞著張逆那雄壯的男子氣息，也同樣想起昨晚的事，臉上更是紅得發燙。

張逆瞄了蔡冰顏一眼說道：「蔡姐，妳臉怎麼那麼紅，是和那頭大蛟大戰時受的傷還沒好嗎？」

語氣非常關切。

蔡冰顏點了點頭。

「你一凝氣境怎麼會出現在這裡？」

張逆把事情說了一遍，只是隱瞞了混沌破天訣的事。

當張逆說到他被同門師兄弟搶靈石而打落懸崖時，蔡冰顏的身上頓時一股恐怖的殺機溢出，直到說到後面才稍微好一點。

蔡冰顏嫣然一笑，說道：「那你現在打算怎麼辦呢？」

張逆颯然一笑：「我當時掉下懸崖時看到他們的表情我就不那麼恨了，何況如果不是他們，我也不會認識妳這位漂亮姐姐。」

「我很漂亮嗎？要不我嫁給你，做你夫人唄！」

「好啊！」張逆興奮地說道。

蔡冰顏乾笑一聲：「等你長大以後多見些漂亮女人就不會這樣想了。何況我比你大很多。」

聲音是有些幽怨。

張逆突然抱著蔡冰顏說道：「蔡姐，我是真的想要娶妳，我會努力變強保護妳的。」

聲音是說不出的肯定。

蔡冰顏被抱著嬌軀一陣顫抖，本能的想推開，但身體卻懷念這個懷抱，讓她呆立當場，不由心裡一陣嘆息：「想我在這破天界也是一巔峰強者，這麼多年來無數天之驕子都看不上眼，難道就是為了等這小傢伙嗎？被他那什麼後居然沒生氣，我到底怎麼了？難道真看上他了？可是他真的還沒長大啊！哎！罷了，順其自然吧！」

好一會後，蔡冰顏嬌笑道：「抱夠了吧！我腿麻了。」

張逆尷尬地放開了蔡冰顏：「不好意思，蔡姐，我沒忍住。妳餓了吧！我出去給妳找點吃的。」

說完飛快地離開了山洞。

張逆嘿嘿傻笑著跑到一個不遠的山坡上，氣喘吁吁地說道：「我居然抱她了，而她還沒有生氣，抱著她真舒服，只是身體有些冷，應該是餓了吧！」說著抬頭四處張望，尋找食物。

突然他看到一個山洞裡有微弱七彩光芒，如果不是陽光射向洞內，他也很難看到。

「難道有靈藥？」張逆幾個閃身來到洞口，七彩光芒更盛，晃得他眼睛有些模糊，張逆揉了揉眼睛，小心翼翼地走進洞內。

很快他就發現這七彩光芒是兩塊石頭發出來的，這兩塊石頭一大一小，好奇的打量了一番，也沒看出是什麼石頭。

張逆把大的一塊收進了儲物袋，拿著那塊稍小的石頭在手中翻來覆去的研究，這塊石頭有西瓜那般大，但是很輕，但也很硬。

張逆用流星拳打了好幾拳都沒能留下一點痕跡，而且拳頭疼得要命。他現在可是真元境，一拳打出，少說有幾千斤力，卻不能損壞這塊七彩石頭分毫，這讓他感覺到不可思議。

拿著石頭想了良久，張逆突然咧嘴一笑：「如果用這七彩石頭煉一支簪子送給蔡姐，她一定喜歡。」

想到就做，心念一動，仙火出現在手上跳躍。

控制著仙火包裹著那塊七彩石頭，兩個時辰後，那七彩石頭被煉化成一團七彩液體。

張逆想著蔡冰顏那絕世仙顏，心中對簪子的形狀大小也有了一個定義。

「凝！」

張逆一聲冷喝，那團液體在仙火的包裹下改變了形狀。不多時一根長約二十公分長的七彩簪子出現。

他又繼續用仙火打磨一番，還在上面刻了「冰顏」兩個字。

打量一番七彩簪子後，滿意地點點頭，嘿嘿笑道：「蔡姐應該會喜歡吧！」

說完才打量了一下整個山洞，也發現了幾株不錯的藥材。

張逆來到外面打了一隻靈兔，清洗一番回到蔡冰顏所在的山洞。

蔡冰顏自從張逆跑出山洞，俏臉上就又出現了紅暈，嬌喃：「我是洞虛境強者，怎麼可能會餓，真是個呆子。」

像是又想到了什麼，一時間出了神。

半個時辰後，她也開始檢查身體，不由一陣嘆息，這次真是傷得太嚴重了，五臟六腑也受了不輕的創傷，但被一股奇異的力量在緩緩修復著。

蔡冰顏感受著那股力量，溫和而霸道，居然還能擴寬和修復筋脈，她現在可是洞虛境強者，筋脈早也定型，這讓她非常震驚。

她感覺到那股力量來自張逆，她清楚的記得張逆給她療傷時輸入的靈力和她現在體內的神祕力量一樣。

「難道和他那什麼後，吸收了他的力量？」蔡冰顏臉紅耳赤地說道。

兩個時辰後，她也感覺身體好了不少，也能施展無海境的力量。不由看向洞外，沒看到張逆，心裡頓時有些酸楚的感覺。

「難道這傢伙趁機跑了？」蔡冰顏起身向洞外慢慢走去。

剛走到洞口，就遇到風風火火跑進來的張逆。剛想發火，就聽到張逆的聲音傳來：「蔡姐，食物準備好了。」

說著還把洗好的兔肉在她眼前晃了晃。

不一小會，兩人坐在一個火堆旁邊，火上還有一個支架，支架上的兔肉不時還發出「哧哧」的聲音，兩人都沒有說話。

張逆感覺到氣氛有些壓抑，突然笑著說道：「蔡姐，送妳一個禮物？」說著還把那七彩簪子遞給蔡冰顏。

蔡冰顏一眼就喜歡上了，接過簪子冷冷地說道：「你這是買來送給哪個女孩的？送給我，她會不高興吧！」語氣有些酸。

張逆嘿嘿笑道：「這是我剛才在外面找到一塊七彩石頭煉的，上面還刻了妳的名字呢。」

蔡冰顏仔細地打量著那簪子，突然驚呼道：「這可是七彩神石，你居然能煉化？你可真是個敗家子！要是能用來煉成兵器，那可是神器啊！」聲音是說不出的震驚和歡喜。

張逆又是嘿嘿一笑，把儲物袋中的那塊七彩石頭放在蔡冰顏面前笑著說道：「妳說的七彩神石是不是這個？」

蔡冰顏看到一塊半人高的七彩神石泛著七彩光芒出現在她的面前，以她那幾百歲的心性驚得呆立當場。

張逆看到蔡冰顏的反應偷笑：「這種表情應該很少出現在她臉上吧！居然被我看到了。」

「蔡姐，妳說的那七彩神石有什麼用啊？」

蔡冰顏呆了很久才說道：「七彩神石是一種罕見的礦石，它的強度和韌性遠超尋常金屬，是鑄煉神兵的最佳材料，用它鑄出的神兵有破魔誅邪的作用，它的鋒利都能斬斷空間，使用者更能在修練時避免走火入魔。」

張逆也有些愣然，想不到這石頭還很珍貴，隨後笑著說道：「既然蔡姐妳喜歡，那我把它送給妳唄！妳也用它來煉一柄神兵。」

「你真願意送給我？」蔡冰顏愣然地看著張逆，心裡非常感動。

「那必須的呀！只要蔡姐喜歡就好。」

蔡冰顏頓時有些洩氣，哀怨地說道：「哎！可惜我用不了。」

張逆以為她在藉口推諉，急忙問道：「為什麼用不了？妳不是說它是鑄劍的最佳材料嗎？」

蔡冰顏又坐回到一旁的石頭上，用手撩了一下額前的秀髮，說道：「七彩神石非常堅硬，我不能融化。」

話還沒說完就看到張逆手掌上出現了一團藍色火焰，驚得她小嘴張得大大的，半天說不出話來。

「蔡姐，我不是和妳說了嗎？我能煉化這神石啊！妳喜歡什麼樣式的劍，告訴我，我給妳煉。」

半個時辰後，張逆正在控制著太初仙火包裹著七彩神石，一點一點的煉化著，蔡冰顏在一旁安靜地看著，心裡卻是翻起了滔天巨浪。

一天一夜過去了，七彩神石還沒煉化完，張逆的臉上出現了些許疲憊，同時汗水也流了出來，靈力也消耗了不少。

蔡冰顏急忙走過去用絲巾擦汗，又給張逆餵了一顆恢復靈力的丹藥。

張逆頓感神清氣爽，調笑道：「蔡姐，妳對我可真好。」

又是兩天兩夜過去了，煉劍也接近尾聲。但此時的張逆是疲憊不堪，全靠一股氣在撐著他咬牙堅持，他想鑄成這柄劍作為定情信物送給蔡冰顏。

蔡冰顏看著他的樣子也非常心疼，在一旁不斷的走來走去，眼角還有淚痕，喃喃道：「我不該讓你煉劍的，要是因此讓你根基受損，我不會原諒自己的。不行，都三天三夜了，我必須要阻止。」

正當蔡冰顏要強行阻止時，張逆一聲冷喝：「逆顏劍，成！」

頓時一股七彩劍芒衝天而起，天空中也是天雷滾滾，雷霆閃爍。

一道雷霆轟然落下，正好落在張逆身上，張逆的頭髮頓時捲了起來，皮膚也變得焦黑。接著又一道落下，蔡冰顏嚇得尖叫了起來，大喊道：「快閃開。」

一個閃身來到張逆面前，準備替他扛下雷霆。

張逆也是大急，一手拿著劍一手抱著蔡冰顏怒喝道：「妳不要命了嗎？」

說完就把蔡冰顏甩了出去，也不知道他那來那麼大勁，直接把一個虛空境給甩飛了。

又一次扛下了雷霆。

第四章 林陽城

張逆狀若瘋狂的對著天空怒喝道：「你這該死的蒼天，看我送夫人的兵器好就嫉妒嗎？來啊！有本事你劈死我啊！哈哈哈！」

再次一道雷霆劈了下來。張逆瞬間就皮開肉綻。

蔡冰顏又衝了過來，不等張逆說話就大聲說道：「如果你再推開我，我就馬上自殺在你面前，我們一起面對吧！」

張逆緊緊地抱著她，沒有再甩開。溫柔地說道：「何必呢？我可以的。」

蔡冰顏笑道：「看你受傷，我會很難過。」

聲音有些哭腔。說完就吻住了張逆的唇。

張逆也不知道還能做點什麼，只是拚命地運轉混沌破天訣。見到雷霆臨身時用身體去擋。

兩人就那樣緊緊抱著，親吻著承受了九道雷霆後，天空的雷雲慢慢消散，張逆也暈了過去。

蔡冰顏看到暈過去的張逆像個小姑娘一樣哭得梨花帶雨的。抱著張逆走了兩步，腳下一個踉蹌，摔倒在地，也暈了過去。

也許這就是所謂的情不知所起，一往而深。

夜，靜靜的，天空中，繁星點點。山洞內，兩人靜靜地躺著抱在一起。

不知何時，張逆感覺自己在一個溫暖柔軟的懷抱裡，緩緩睜開眼，看到一張絕世仙顏，只是那仙顏上還有未乾的淚，張逆也是一陣心疼，用手輕輕地擦掉淚痕，也輕輕地換了一下姿勢，讓她睡得更舒服一些。

第二天中午，蔡冰顏悠悠醒來，看著懷裡的張逆笑了。

「原來這就是愛情嗎？」

山峰上，一個紅衣長髮的絕色女子在揮舞著一把七彩神劍，每一劍揮出都有一道七彩光芒，慢慢的，女子越舞越快，只看到滿天都是紅衣飄飄，長髮飛揚，七色彩霞映紅了這片天地。

遠處，上山打獵的獵戶看到這一幕，立即跪在地上大呼：「感謝上蒼創造如此神蹟。」

修士看到這一幕不由得張大了嘴，然後轉頭就跑，奔走相告老友說這片天地有絕世珍寶出世，結伴來探寶。

當然，那紅衣女子就是蔡冰顏，一套劍技舞完，再次回到山峰上，用手輕輕擦試香汗，笑著說道：「這把劍真神奇，居然可以讓我的攻擊力增加兩成。」

說完看著劍身上刻的三個字「逆顏劍」痴了。喃喃道：「這算是送給我的定情信物嗎？可是我都沒同意呢？」

從這天開始，張逆就過著非人般的生活，早上練混沌破天訣，中午練蔡冰顏教的流雲劍法和夢蝶劍法，下午練流星拳和「飄逸」身法，晚上學煉丹。

很多時候，在這片山谷中都迴盪著蔡冰顏的嬌喝聲。張逆是痛並快樂著。痛是一天只有一個時辰可以睡覺，快樂是睡覺的時候可以抱著蔡冰顏睡。

有一天中午，練習劍法太累了，就坐在石頭上休息一會，就看到蔡冰顏淚眼婆娑地走來：「張逆，你別練了，我知道你說以後要保護我都是尋我開心的，過了那興奮勁就不會要我了，哎！我也是，這麼大年紀了，還會相信你這種小孩的話。對不起，我以後不再監督你學武了。」

她是越說越傷心，眼淚是一顆顆的往下流，哭得是梨花帶雨的，讓人看得是剜心的疼。

就比如此時的張逆，一把抱著蔡冰顏，替她擦掉眼淚，聲音也有些哽咽地說道：「對不起，我錯了，我不會再偷懶了。」

噌的一下跳起來又開始繼續舞劍。

蔡冰顏把頭轉一邊，頓時俏臉就出現狡黠的笑容，嬌喃：「小樣，還治不了你了，不過我是不是太狠了一點。我幾百歲的人了也居然會對一個十幾歲的小傢伙用這招。」

說完忍不住打了一個冷顫。

不得不說，這招對張逆很管用，這傢伙現在都不用提醒，時間把握得剛剛好。這半個月下來，張逆的混沌破天訣練到了第二層，接納混沌，身體受到混沌之氣的洗鍊，肉身強度再次增加了不少。

流雲劍法八招學會了前四招：流雲飄逸、流雲迴風、流雲迷蹤、流雲斷水。雖然做不到劍法如流雲般流雲不息，但也學得有模有樣。

夢蝶劍法三招也學會了前兩招：月影舞和夢蝶飛。施展出來給人一種夢幻效果。飄逸身法只學會了第一重：幻影重重。流星拳三招都能融匯貫通。一拳出，山石飛。修為也提升到了真元四重。

這學習速度和領悟讓蔡冰顏都驚嘆：「真是個妖孽。」

煉丹的效果就有些不入人意了，第一天晚上，蔡冰顏不知道從哪給他找來了一品丹藥聚靈丹的丹方，還買了一百份藥材和一個藥鼎。

扔在洞裡就讓他開始練，從未學過練丹的他是一臉傻眼，但轉頭看到蔡冰顏那有些哀怨的目光不得不仔細研究丹方，把投放藥材的順序和時間刻在腦海裡，靜心打坐了一個時辰後開始煉丹，一遍又一遍的失敗，不是溫度高了就是時間沒把握好。最主要的還是從未見過別人煉丹過。

失敗了五十次，就算他地階巔峰的靈魂都有些吃不消了。

又開始坐下來恢復精神，同時他也在空間戒指裡面找到煉聚靈丹的意境。迫不及待的捏碎玉簡觀看，又是半個時辰後，再次開始煉丹，又浪費了七次，第八次的時候煉出了聚靈丹，只是那品質有點不忍直視。丹丸坑坑窪窪的。

像是有了期待，再次開始煉丹，一百份材料全部用完，煉出了十五顆。

張逆笑呵呵的拿著丹藥走到蔡冰顏面前說道：「蔡姐，我也會煉丹了。」說完一頭栽倒在蔡冰顏懷裡，沉沉睡去。此時的他頭髮亂遭遭的，全身髒兮兮的。他這一次煉丹煉了兩天兩夜，而她也在一邊看了兩天兩夜。

蔡冰顏哭著給他整理著頭髮，清洗著面容。喃喃道：「對不起，我本不該對你這樣嚴格，可是如果你真想和我在一起，你必須得提升自己，我怕我的仇家找到我，你連一點反抗的能力都沒有。」

第二十天，中午，張逆練習完劍法，蔡冰顏溫柔的拿著絲巾給他擦汗。張逆抓著蔡冰顏的小手說道：「蔡姐，妳真美，我……」

話還沒說完就看到遠方有兩道人影奔掠過來。眨眼間就到了離他們不遠的山坡上。

張逆凝神看去，這兩人都是真元九重，一黑衣，一灰衣。兩人都是臉色猙獰，給人的感覺就是凶殘。

蔡冰顏冷眼看了兩人一眼，心裡非常氣憤，兩人世界就這樣被破壞了，真是可惡。慢悠悠地看著張逆：「能打贏這兩人嗎？」

語氣非常不爽。

張逆嘿嘿笑道：「那必須能啊！不然不就辜負夫人妳這些天的付出了。妳在那石頭上坐著看戲，看妳相公我如何大展神威。」

說完還溫柔的把蔡冰顏扶到一邊的石頭上，還不忘用衣袖把石頭擦乾淨。

蔡冰顏剛坐下，兩人就來到他們的這個小山坡。兩人都是被蔡冰顏那絕世仙姿吸引了，都是口乾舌燥。

那黑衣男子嚥了咽口水，大喝：「小子，把那女人送來伺候我們，不然殺了你。」

張逆頓時怒火衝天，殺氣湧動，蔡冰顏是他的逆鱗，觸之必死。暴怒的轉頭大笑：「兩個人渣，今天小爺就替天行道，殺了你們這兩個為非作歹的畜生。」

說完拿起逆顏劍施展流雲劍法第四式流雲斷水一劍刺出，瞬間就來到黑衣男子面前，黑衣男子也沒想到一個真元四重的小子敢先發動攻擊，他可是真元九重啊，慌忙舉劍隔擋，只聽一聲兵器斷開的聲音，隨後那黑衣男子就感覺到一把劍插入了他的心臟，真是死不瞑目。

那灰衣男子也是還沒來得及反應，就看到同伴倒地而亡，心下大駭。他們兩實力差不多，結果同伴被一招秒殺，那他自己呢？

灰衣男子轉身就想跑，張逆見狀毫不擔心，施展飄逸身法第一式幻影重重困住灰衣男子，又是流星拳破空一拳砸出。

灰衣男子只看到滿天拳影帶著恐怖的威壓向自己襲來，不得不打起精神對敵，一劍斬向拳影。只聽一聲轟隆炸響，拳影劍芒相撞，勁氣四溢，頓時一陣塵土飛揚。

煙塵散去，只見灰衣男子半跪在地上，口吐鮮血，臉色蒼白，眼神渙散。看著張逆一臉邪笑的走來，頓時跪在地上不停磕頭，口中說道：「前輩，請放過我，我的丹田也碎了，再也不能作惡了。」

張逆不言不語走到灰衣男子面前，一手抓住頭顱，灰衣男子的記憶被抽取，看完記憶後，暴喝出聲：「你這個該死的東西，若我今天放了你，那真是蒼天瞎了眼，更對不起被你害死的眾多凡人！」

說完一掌拍出，灰衣男子頓時屍骨無存。張逆也是仰天長嘯，發洩著對這弱肉強食的世界的憤恨之情。

頓時天空一陣雷霆翻滾，張逆仰天怒喝道：「你既然無視惡人作惡，那我就替你行道，遇見不平事必管之，遇見惡人必誅之。」

聲震九霄。

逆顏劍遙指天空，頓時一股七彩霞光衝天而起，震散了那雷霆。

蔡冰顏全程觀看著張逆，臉上露出欣慰的笑。

「不愧是我的小男人，有氣魄。」

半年後的一天，陽光明媚，林陽城外的大道上，三三兩兩的行人沐浴在這溫暖的陽光下興奮的談笑著。

其中有一男一女，女的一襲紅衣長裙，柔順的長髮隨著微風飄飛，散發出絲絲神霞，特別是頭上插著的一根七彩簪子，在陽光下散發出七彩神光。一張潔白的面紗遮住了她的絕世仙顏，再加上那凹凸有致的身材，讓行人忍不住紛紛側目，而他身旁的少年就有些平凡了，只是他的眼神剛毅，有些稚嫩的臉上露出興奮之色。這兩個就是張逆和蔡冰顏。

張逆走出山林就忍不住大吼一聲道：「終於見到人了。」這半年多時間以來一直在山上修練，可把他憋壞了。

蔡冰顏冰冷的聲音傳來，語氣有些幽怨：「難道我不是人嗎？跟我在一起讓你覺得很委屈？」

張逆急忙屁顛屁顛地跑到蔡冰顏的面前說道：「蔡姐，妳誤會我了，我這輩子就想跟妳在一起。」

「哼！就會油腔滑調。」蔡冰顏白了張逆一眼向著城門走去。

城衛兵見狀，大喝道：「城主吩咐，這些天凡是要進城的人都要繳納五塊下品靈石。」

城門口排隊的人群一陣竊竊私語，有知情人士說道：「三天後林陽城要舉辦一場拍賣會，聽說有很多寶物拍賣，吸引了附近幾座城的人來。這城主還真會做生意。哎……」

張逆聽得根有勁，好奇的問那知情人：「大哥可知道都有什麼寶物？」

那人看了張逆一眼笑著說道：「看這位小兄弟是一位修士，那你可不能錯過啊！聽說有玄級功法武技，還有三品丹藥，還有一株五品靈藥龍血參。」

張逆聽得眼冒金光，他們這次出來就是尋找高階靈藥煉丹。

蔡冰顏的傷勢現在也才好了五六成，靈魂受到的傷害需要五品養魂丹才能治好。張逆這段時間拚命的學習煉丹術，五品丹藥也可以輕鬆煉。

兩人相視而笑，繳納了十塊靈石走進城內。城內熱鬧繁華，各種吆喝聲，叫賣聲不絕。

張逆看得非常興奮，笑呵呵地說道：「我還從沒去過這般繁華的城市。在逆劍宗的時候聽師兄師姐們討論過林陽城，說這裡很混亂。但現在看來是他們瞎吹牛啊！」

蔡冰顏搖頭笑了笑，說道：「做任何決定之前都要先了解清楚情況，看來你還是要多歷練啊！」

正在他們交談之際，一個騎著二階犀牛妖獸的青年帶著幾個護衛攔在他們面前，這青年長得玉樹臨風，身穿一件紫衣錦袍，臉上掛著玩味而又戲謔的笑容。眼神陰冷而高傲的盯著蔡冰顏說道：「美女，能否約妳去吃飯啊！」

蔡冰顏冷冷地說道：「沒空，讓開。」

只見那紫衣錦袍青年哈哈大笑，說道：「我吳青雲想要邀請的女人還沒誰敢拒絕。」

說完眼角瞥了一眼那幾個護衛。

那幾個護衛會意，立刻就把蔡冰顏和張逆兩人圍了起來，都是一臉淫笑地看著蔡冰顏那凹凸有致的身段，還不時用舌頭舔著嘴唇。

張逆摸了摸鼻子說道：「你們這是要光天化日之下強搶啊！」

聲音非常平靜。

其中一個護衛哈哈大笑道：「我們沒有搶，是請。」

他們的爭吵惹來了一大群圍觀的人，一個個都是哎聲嘆息：「又一個姑娘要被這惡魔禍害了。」

「可不是嘛！前幾天我看到這惡魔在街上看上一個小姑娘，那小姑娘反抗，結果被這惡魔帶人滅了全家，而那小姑娘被他活生生的玩死，丟在城外人亂葬崗，真可憐，都沒人敢去收屍。」

「誰叫他家勢力大呢？他父親是無海境九重巔峰高手，在這林陽城無敵，誰敢招惹啊！何況他們吳家是這林陽城的第一家族，手下高手眾多，城主也要讓三分。」

張逆聽到周圍人的議論也對這吳家判了死刑，身上殺意瀰漫。但這是在大街上，也不好大開殺戒，強行壓下怒火，說道：「滾開！」

吳青雲淫笑道：「快些把這美人帶回去，這傲人的身材太誘人了，我都等不及了。」

那幾個護衛得到命令紛紛施展擒拿手向著蔡冰顏抓去，蔡冰顏眼皮都沒動一下，只是溫柔地看著張逆。好像是在告訴張逆：「你說過要保護我的呦！」

張逆更是惱怒，真元境氣息爆發，流星拳第二式追星一拳全力轟出，只聽「砰砰」幾聲巨響，那幾個護衛的胸口就陷了下去，倒地而亡。

一切都發生在電光石火之間，那吳青雲還沒反應過來，他的護衛就全死了。

吳青雲愣了一會，怒喝道：「小子，在這林陽城敢殺我吳家的人，你是第一個，敢挑釁我吳家，那你只有死。」

說完一拍犀牛妖獸一躍而起，一劍斬向張逆，犀牛妖獸也是向著張逆衝了過來。

張逆看向那斬來的劍芒拉著蔡冰顏施展飄逸身法避開。隨後拿出一柄長劍斜指吳青雲。

吳青雲落在犀牛妖獸背上，冷笑道：「小子，在我元海境三重面前你休想活命。」

說完又凌空躍起，一劍斬出，這一劍的威力比上一劍大得太多。

張逆是第一次和無海境修士生死戰，非常興奮。一躍而起，避開吳青雲的劍芒，右手施展流星拳砸向犀牛妖獸，狂暴的拳勁把犀牛妖獸直接砸到地底，直接死亡。

吳青雲怒喝：「小子，你真該死啊！」

隨著他的怒喝，周圍的天地靈氣快速的匯聚在他的劍上，瞬間就行成了一個劍氣風暴。

這一招是吳青雲的必殺技，張逆挑釁他吳青雲的威嚴讓他憤怒不已，必須要用最強姿態殺掉張逆，才能平息他的憤怒，同樣以此來敲打林陽城的所有人，他吳家的威嚴是不可觸犯的。他曾經用此招殺掉一個無海八重境高手，在他看來，用這一招同樣也能殺掉張逆。

圍觀的人看到這一劍都嚇得冷汗直冒，紛紛閃身退開這片天地。

張逆哈哈大笑道：「來得好，不過還不夠。」

一步踏上虛天，夢蝶劍法最後一式幻影斬瞬間斬出十五劍，真是一劍比一劍霸道。這十五劍合成了一劍迎向了吳青雲的劍芒。

「轟！」

一聲巨響傳來，無形的劍氣瞬間就把整條街道夷為平地。圍觀的人群紛紛閃身後退，有幾個還沒來得及跑的直接被劍氣絞成碎肉。真是何苦來哉，為了看戲，把命丟了。

吳青雲被這一劍斬碎了丹田，此時的他，披頭散髮，面容猙獰，狀若厲鬼。發瘋似的大喝：「怎麼會這樣，明明你只是一個真元境。」

張逆此時也不好受，被震得血氣翻滾，急忙運轉混沌破天訣調息。

三五秒後，閃身來到吳青雲身前，說道：「你想不到的事還有很多。」聲音冰冷刺骨。說完一手抓住吳青雲的頭顱施展搜魂術，另一隻手收取儲物袋。瞬間，吳青雲的記憶全部收取，隨後一掌把吳青雲打成飛灰。

蔡冰顏在一方屋頂上微笑著看完這場大戰，搖頭嘆息：「哎！還是經驗不夠啊！看來還要給他多惹點麻煩，不然他一天天的精力旺盛得很。」

一個閃身來到張逆面前，提起張逆就飛身遁走。

這場大戰來得快，去得也快。林陽城也因這場突如其來的大戰而炸翻了天。

吳家家主吳軍正在床上和小妾交流感情，突然一個護衛慌慌張張地衝進房間，正要開口稟報，吳軍暴怒的聲音傳出：「混帳東西，沒看到本家主正在忙嗎？滾出去，有天大的事都給老子在外面等著。」

護衛張了張嘴，又慌忙的退出房間，兩個時辰後，吳軍神清氣爽的從房間走出來，瞥了一眼那護衛冷冷地說道：「你最好能說出一個特別的消息，不然……呵呵。」

護衛打了一個冷顫，慌忙跪下說道：「今天大公子在街上被人殺了。」神色非常惶恐。他可是知道這位家主的狠辣。

吳軍身體搖晃了一下，感覺有些站不穩，三五秒後，才以強大的定力穩住身形，一股恐怖的殺氣衝天而起，冷喝道：「說，是誰殺了我最有出息的兒子？」

那護衛被這股殺氣嚇得臉色發白，顫抖著說道：「不認識，我們的人跟蹤到了那凶手的住處，只等家主下令。」

「啊！」吳軍仰天長嘯，大喝道，「所有吳家人都給我出發。」

說完飛奔出去。

城主府也瀰漫著一股肅殺之氣，城主魏通聽到手下稟報後立即下令：「密切注意吳家動向，所有人放下手中一切事情待命。」

蔡冰顏提著張逆來到林陽城最豪華的酒樓——飄香樓，花了一千靈石定了一個最貴的房間。

房間內，蔡冰顏冷著俏臉在喝著茶。

張逆則坐在地上有些心虛地看著蔡冰顏。看到蔡冰顏茶杯裡空了，張逆急忙拿著茶壺倒茶，乾笑道：「夫人，我錯了。」

蔡冰顏冷冷地說道：「你錯哪了？」

「我不知道啊！不過我看妳的表情，我就知道我肯定是做錯事了。」

「你都不知道你錯在哪裡？你認什麼錯？這都誰教你的？」

「師姐教的，她對我說以後只要看到夫人在生氣就要先認錯，端正態度。」張逆結結巴巴地說道。

他還屁顛屁顛的跑過去給蔡冰顏捏肩錘背。

「你師姐教得可真好。」蔡冰顏無力地說道，「快去打坐調息吧！說不定等會有大戰呢。」

張逆繼續給蔡冰顏捏肩錘背，嘿嘿一笑：「沒事，我早也想到了，從吳青雲的記憶中得知，吳家有一個無海九重巔峰，兩個無海八重，五十個無海七重，別的都是小蝦米。我能應付，妳負責看戲就好。」

一臉的無以為意。

「我不想看到你受傷，明白嗎？別再讓我看到你受傷。」蔡冰顏轉身拉著張逆的手溫柔地說道。

張逆張了張嘴，一時不知道該說什麼，只是點點頭。走到一邊盤膝而坐，開始運功調息。

蔡冰顏在心裡偷笑：「這傢伙只能對他這樣才會認真點。我這撒嬌技術是越來越多樣化了，不過我這麼大年紀了對一小傢伙撒嬌怎麼感覺在裝嫩呢？」

兩個時辰後，張逆的精氣神都回到了巔峰狀態，回想著之前和吳青雲的大戰，覺察到自己有很多地方的不足。

嘆道：「看來只有不斷戰鬥才能提升自己。」

突然，飄香樓下人群湧動，還有大吵聲傳出。張逆急忙起身看去，只見吳軍怒喝：「王掌櫃，你是真要和我吳家作對嗎？竟敢讓殺我兒子的人住。你這飄香樓是不是不想開了？」

一個腦滿腸肥的男子呵呵一笑：「吳家主，這你就錯了，進了我飄香樓的都是客人，那我們得保障客人在酒樓內的安全吧！再說我飄香樓想不想開下去不是你能決定的。」

說完一股龐大的虛空境氣勢碾壓過去。

吳軍被這氣勢逼得後退了好幾步才停下來，他帶來的人更是被壓得直接趴在地上。

誰都沒想到這樣一個腦滿腸肥的掌櫃居然是一個隱藏的高手，吳軍經常來這飄香樓，知道他這的規矩就是誰也不得在酒樓內動武，也認識這位王掌櫃，平時看他對人點頭哈腰的，從沒想過他會是一個絕頂高手。

吳軍也不敢得罪一個虛空境強者，只得陪笑道：「王掌櫃，不好意思，由於愛子被害情緒有些失控，還請見諒，那我們就在外面等他出來。」

王掌櫃淡淡地說道：「多謝吳家主體諒，不然我這小本經營的損失不起啊！把樓層打壞了我也沒辦法向老闆交代啊！」

看熱鬧的人頓時嘴角扯了十幾個來回。

「你這還是小本經營，一個房間住一晚都要一千靈石，那別人的酒樓算什麼啊！」

一場大戰就這樣不了了之。城主府的人在遠處看著這一幕也顛覆了他們的人生觀，虛空境高手那都是傳說中的存在，在他們的理解中，那都是高高在上的存在，怎麼會是王掌櫃那鳥樣呢？

城主魏通也是驚得魂不守舍，自己都不知道是怎麼回的城主府。

張逆氣呼呼地說道：「這傢伙真是壞我好事，本想把那些混帳全部解決，豈料被他橫插一腳，玩完了，真是豈有此理。」

蔡冰顏白了張逆一眼，也有些鬱悶地說道：「哎！可惜，沒能看到我的小英雄大展神威，真是可惜啊！」

張逆頓時有些飄飄然，難得被蔡冰顏誇一次，甩了甩頭髮，又整了整衣領。嘿嘿笑道：「蔡姐，妳真想看我大展神威？」

蔡冰顏嫣然一笑道：「那請問小英雄有何高見？」

「高見倒是沒有，只是想去萬寶商會去逛逛，我從吳青雲的記憶中得知萬寶商會有幾種奇異礦石，想去買來煉一柄劍。至於吳家嘛！就等拍賣會結束買到那株龍靈芝再收拾不遲。」

「那你有靈石嗎？可要好多靈石呢？」蔡冰顏漫不經心地說道。

張逆頓時洩氣，焉不拉幾的：「還真沒有，看來要想個辦法賺錢了，不能讓我夫人跟著我受苦，怎麼辦呢？」

急得張逆在房間內上竄下跳的，看得蔡冰顏嬌笑不斷。

「那要不你把我拿去賣了？應該能掙不少。」蔡冰顏打趣道。

「那肯定不行，沒有妳我要靈石有什麼用？我還想著把妳的傷治好後，回一趟逆劍宗拜別師傅，然後和妳走遍天下呢。」張逆信誓旦旦地說道。

「你都不問問我願不願意跟你走的嗎？你很霸道啊！小子。」

張逆頓時一激靈，又屁顛屁顛的跑過去給蔡冰顏捏肩錘背，笑呵呵地說道：「那蔡姐的理想是什麼？小的拚命給妳做到。」

蔡冰顏被逗得咯咯嬌笑：「你是不是經常對你那師姐這樣？」

「那肯定沒有，沒遇到妳之前，師傅第一，她排第二。現在她只排第三。但如果現在妳和她的意見不一樣，那肯定是聽妳的。」張逆肯定地說道。

這些年他在逆劍宗在他師姐的調教下知道一個真理：「在一個漂亮的女人面前千萬別說另一個女人的好，不然肯定聊不下去。」

「我想走遍天下行俠仗義，懲奸除惡。你願意陪我嗎？你要知道這樣隨時都會身陷險境，也可能會沒命。想清楚，現在還來得及。」蔡冰顏話語悠悠。

「來不及了！妳早也住在了我的心裡，不管妳走到哪裡，我都要死皮賴臉的跟著妳。」

第五章

逛街

夜幕降臨，華燈初上，林陽城還是熱鬧非凡，街道上一排排燈籠照得林陽城亮如白晝，街道上的行人更是絡繹不絕，三三兩兩的聚在一起聊著白天發生的事情。

一個身穿水藍色長裙的絕色女子緩緩的在街道上走著，她絕美的容顏，凹凸有致身材引得行人紛紛側目，特別是那頭上的七彩簪子在星光的照耀下發出迷人的光芒。

但令人驚掉眼球的是有一個平凡的少年跟在她身邊喋喋不休的說著什麼，那女子非但沒有不高興，反而一副很享受的樣子。讓行人心裡一陣哀嘆：「真是一朵鮮花插在牛糞上了。」

但都沒人敢上前找碴，都還記得白天發生的那場大戰。一個個的諱莫如深。

張逆正在興奮的和蔡冰顏交談著，突然他呆立當場，神色非常怪異。

蔡冰顏看他傻愣愣的站了很久，也不說話，不由得有些擔心，溫柔地說道：「你怎麼啦！」

張逆被驚醒，看到蔡冰顏那擔心的眼神，急忙說道：「蔡姐，不用擔心，我沒事，我只是發現了一個特別有趣的事，我們走。」

說完拉著蔡冰顏的小手向一旁的攤位走去。

就在剛才，張逆丹田內的劍柄突然跳動得很厲害，急忙內視一圈，發現那劍柄總指向一個方向顫動。

張逆可是知道就連七彩神石那種寶貝它都沒什麼反應，那又有什麼東西能讓它如此。不由得順著它指的方向看去，那是一個地攤，擺著雜七雜八的物品。

張逆兩人走到攤位前，攤主目瞪口呆地看著蔡冰顏好一會才反應過來，笑呵呵地說道：「歡迎美女，我的這些東西都是寶貝，隨便選，一律八折優惠。」

旁邊的攤主頓時投去了鄙視的目光，好像是在說：「別人長得漂亮關你什麼事，就算你全送，別人也不會把你當回事，真是個不要臉的糟老頭。平時俺們看上一樣東西你是拚命的抬價，不要臉。」

「是我選，老伯，你看我夫人幹麼？」張逆神色古怪地看著攤主。

攤主頓時咳嗽了幾聲，尷尬地說道：「小子，你真是好福氣啊！有這麼一個漂亮的媳婦，我家那口子就……」

張逆也沒聽他瞎扯淡，用手摸著攤位上幾塊礦石，當摸向其中一塊黑不溜秋的不知何名的礦石時，丹海中的劍柄跳動得很厲害。又面不改色的東摸摸西摸摸，一臉糾結地說道：「老伯，你這些石頭什麼價？」

「這幾塊石頭都是我的傳家之寶，小兄弟喜歡，就給你最優惠的價格，一共五千塊下品靈石。」攤主一本正經的整了整衣領

「我只要這一塊石頭，五十塊靈石怎麼樣？」張逆把一塊看起來有些光華的石頭拿在手裡打量著。

「一千，不能再少了，這可都是祖宗傳下來的寶貝。」

「走吧！沒什麼好東西，還那麼貴。」蔡冰顏說著就準備拉著張逆離開。

那攤主急忙說道：「看在美女的面上，就一百，不能再少了。」

「一百太貴，除非我再選一塊。」張逆又把那黑不溜秋的石頭拿在手裡翻來翻去的觀看，臉上還露出嫌棄之色。

那攤主老臉頓時變得很沮喪，頓了好一會才說道：「成交，沒見過你這樣殺價的。」

張逆把石頭收入儲物袋，又拿出一百靈石遞給攤主，隨口問道：「你這些石頭哪來的？」

「聽我先祖說是從西荒禁地中帶出來的，帶出來可是經歷了九死一生啊，」

攤主有氣無力地回了一句，好像是不滿意剛才的價格。

「喔！」

張逆也沒心思和攤主瞎扯淡，拉著蔡冰顏走了。

「蔡姐，那塊黑石頭肯定是寶貝，它能讓我丹海中的劍柄顫動。妳能看出來那石頭的來歷嗎？」說得非常激動。

張逆從有記憶以來，那劍柄就在他身體內，不停的吸收著靈氣改造身體，讓他困惑了那麼多年，如今有了能解惑的可能，讓他恨不得馬上切開石頭看看。

蔡冰顏聽張逆說過，也知道他現在的心情。笑著說道：「我也看不出有什麼玄機，不過那老頭說得沒錯，是從西荒禁地中帶出來的，我去過西荒禁地，這塊黑石殘留著西荒禁地的氣息。現在你不要心急，街道上有很多隱藏的強者，不要暴露寶物，不然會引來不必要的麻煩。」

「我還以那老頭是瞎扯的呢？不過妳跟我說說西荒禁地唄！」

蔡冰顏嫣然一笑，撩了撩被晚風吹起的秀髮說道：「看來還是得給你普及一下知識，讓你以後不至於鬧笑話。」

破天界有五大領域，每一大域都有一個家族控制，他們都自封為皇族。

東域由東方世家統治，這個世家修練的是虛無縹緲功和龍吟劍術。把控著東方禁地，這個禁地內有著無盡的生命力和源源不斷的靈力，是一個絕佳的修練環境。但每百年才開啟一次，開啟的時間不超過一年。

南域有南方禁地，這個禁地到處都是火山，火靈力非常濃郁，平常時間根本無人敢進入禁地中心位置，只能在邊緣位置尋找機緣。

但每隔幾年都會有一段時間，溫度會下降，修士才能勉強進入。這個地域的修士多數都修火屬性功法。南宮家族是南域的霸主，修練的是滅世黑洞功法和火焰刀術，真的是鬼神莫測。

西域禁地內則是有各式各樣的奇石和金礦，聽說是上古時期大戰後造成的，裡面凶險和機遇並存。這個地域的霸主是西門家，主要功法是不滅金身訣，修練到最高境界能不死不滅，無物能傷。

北域禁地則是一片冰封之谷，適合冰屬性的修士修練，由於禁地的原因，導致北域的溫度偏低，有些荒涼。但北辰家的寒冰訣同樣是傲世破天界。

修士最為嚮往的還是中域，靈氣非常濃郁，而且傳承也相當完整，中域的禁地天空之城更是能領悟空間祕法。軒轅家控制中域，這個家族的虛空幻影祕法更是讓人防不勝防。

這五域都是臥虎藏龍，以後沒能力自保時儘量低調一些。

「蔡姐，妳是不是和西門家有仇？」張逆靜靜地聽完蔡冰顏的講述後若有所思地說道。

「是，不共戴天之仇，不死不休。」蔡冰顏語氣冰寒，眼神中更是殺意滔天。頓了頓又說道，「還想和我在一起嗎？」

「蔡姐，妳不要懷疑我對妳的心，妳知道的，我從記事起就是孤兒，在這世界上除了師傅就是妳對我最好，現在妳是我的女人，難道妳還想拋棄我不成？」

「你難道就不認為我對你好是為了利用你幫我報仇嗎？再說，我也對你不好啊，總督促你拚命練功，不是嗎？」

蔡冰顏說完也是神色黯然，情緒低落。心中也忍不住在想：「難道我真要讓他跟著我過著東躲西藏的生活嗎？可是我也不想離開他啊。」

張逆拉著蔡冰顏的手神色平靜地看著她的眼睛說道：「從妳戴上我送妳簪子那一刻開始，我就不會離開妳了，就算妳哪天偷偷離開，我也會去滅西門家，踏遍破天界找妳。」

蔡冰顏一陣失神，不敢看張逆的眼睛，聲音有些哽咽地說道：「西門家太強大，我怕你會死。」

「和死相比，我更怕失去妳。妳懂嗎？我們最終都會死，就看死的時候是否有一個人值得留念。不要想著為了我好不得不離開，時間久了就會淡忘。」

「怎麼聽你說話，感覺你才是一個活了幾百歲的老傢伙，而我才是那個十多歲的小孩呢？老實說，你是不是被某個老妖怪的靈魂占據了肉身？」

蔡冰顏展顏說道，心結被打開，心思也活絡了起來。

張逆看到蔡冰顏的神色也知道她不會偷偷離開了，之前兩人在山上修練時他總看到蔡冰顏獨自一個人發呆，就在猜想她的心思。

張逆剛想說什麼就看到一個賣糖葫蘆的小販，急沖沖地走過去全買了回來，取出一竄遞給蔡冰顏。

「吃過嗎？嘗嘗？」

蔡冰顏接過糖葫蘆，看著那圓圓的，紅紅的東西。忍不住用櫻桃小嘴咬了一口，頓時皺眉說道：「怎麼那麼酸？」

嚥了一下口水又說道：「怎麼那麼甜？」
張逆把剩下的糖葫蘆扛在肩上，拉著蔡冰顏的手慢慢向前方走去，邊走邊說道：「酸酸甜甜不就是我們的人生嗎？」
蔡冰顏就如一個小姑娘似的笑了起來，煞有其事地說道：「前輩說得很有道理，晚輩受教了。」
說完又忍不住咬一小口糖葫蘆，心裡喜滋滋的。
兩人有說有笑的走著。突然一個手持摺扇的翩翩公子帶著兩個護衛攔住了他們的路。
張逆抬眼一看，只見這人一襲白色錦袍，身材修長，面容俊朗，不時用摺扇扇幾下，用精神力探查了一下，居然是無海境修士。
張逆皺眉問道：「請問公子是要買糖葫蘆嗎？」
心裡卻非常鬱悶。
「長那麼帥幹麼！」
那男子對著張逆行了一禮，笑著說道：「公子說笑了，在下林陽城黃家黃欣雨，想邀請公子一敘，不知公子可有時間？」

張逆瞥了他一眼說道：「你沒看到我在和我夫人賣糖葫蘆嗎？沒時間。再說了，我們認識嗎？」

語氣非常不善。

「那在下先把你的糖葫蘆買了吧！不知多少錢一竄？在下全要了。」

「一千下品靈石一串，這裡一共二十五串，給錢吧！」

張逆說著把糖葫蘆遞給黃欣雨，又拿一串在手裡。

黃欣雨頓時尷尬不已，他的一個護衛則怒氣沖沖地說道：「你怎麼不去搶啊！一千靈石一串。」

「那就請讓路吧！我沒空和你們在這瞎扯淡。」

「請公子別生氣，是在下沒管好下人，公子的糖葫蘆一千靈石一串不貴，就算兩千靈石一串也值，我買了。」

黃欣雨陪笑著說道。說完接過糖葫蘆，又遞給張逆一個儲物袋說道：「請公子數一數，五萬靈石。」

張逆哈哈一笑，接過儲物袋：「什麼事？直接說吧！我不喜歡拐彎抹角。」

語氣非常平淡。

「滅了吳軍。」

張逆愣了好一會，心道：「我本來就要殺吳軍，既然你來請我幫忙，那我怎麼也得敲敲竹槓吧！我現在要養夫人，沒錢啊。」

轉頭看了一眼蔡冰顏，只見她還在眉開眼笑的品嘗著糖葫蘆。又轉頭看向黃欣雨冷冷地說道：「你家這是讓我去送死？」

一股殺氣透體而出。

黃欣雨頓時嚇得冷汗直冒，雖然他是無海境，但實力還不如吳青雲，有些結巴地說道：「公子誤會了，我看到你和吳青雲的大戰，知道你的實力肯定高於吳軍，因此才有此一求，我黃家願出三百萬下品靈石，一株五品藥材血參。」

張逆摸了摸鼻子說道：「好，先把酬金給我，三天內你會得到吳軍死亡的消息。」頓了頓又說道：「你黃家還有藥材嗎？全賣給我唄！」

黃欣雨被他這番話搞得有些摸不著頭緒，心中大罵：「這傢伙是真土鱉還是裝的？怎麼一點常識都沒有。」

但還是恭敬的行了一禮說道：「我這就回去和家裡長輩商量，不知在哪裡找公子？」

張逆無所謂地說道：「我們正準備去萬寶商會，只要我走出商會你還沒來，我就當你放棄了。」

說完拉著蔡冰顏施施然的離開了。

黃欣雨愣了好半晌才回過神來，急沖沖的向著黃府的方向而去。

蔡冰顏有些無語地說道：「你這是什麼情況？」

「我要殺吳軍不是因為黃家給錢讓我殺，而是因為他該死，我想殺。黃家想要給我錢，我也樂意接受，畢竟我也要錢養家。不想給我也無所謂，你不是說過嗎？煉丹師賺錢很快。」

「你要錢養哪個家？」

張逆嘿嘿笑道：「我們倆的家呀！哎！妳這身衣服都穿很久了，也該換新的了，開銷也不小啊！」

蔡冰顏又咬了一口糖葫蘆，煞有其事地說道：「好像也對，你看，衣服都有些皺了。」說著還在張逆面前轉了一圈。

兩人說笑著來到一座裝飾很豪華的大樓前，這座樓有三層，中間位置掛著一個金光閃閃的牌匾，這個牌匾有差不多三公尺高，一公尺寬。

上書「萬寶商會」四個大字閃閃發光。門前四人身材妖嬈的侍女面帶微笑的招呼著來往的客人。

張逆兩人走到萬寶商會門口，四個侍女齊齊彎腰行禮，面帶微笑，聲音甜甜地說道：「歡迎貴客光臨」。

其中一個侍女走向前拉著張逆的手溫柔地說道：「請問貴客有什麼需要幫助的嗎？」聲音非常魅惑。

蔡冰顏冷哼一聲，踩著小碎步向著裡面走去，鞋子在花崗石上踩得啪啪響。

張逆急忙拿開那侍女的手尷尬地笑了笑，也追著蔡冰顏走了進去。

蔡冰顏看到張逆跟了上來，轉身，神色不善地說道：「摸得舒服嗎？怎麼不讓她多摸一會？我現在還在旁邊就這樣，果然男人的嘴是騙人的鬼。」

張逆看著蔡冰顏現在這說話的神情語氣心裡是樂開了花，忍不住用手捏了捏蔡冰顏的鼻子，嘿嘿一笑道：「蔡姐，妳吃醋了呦！這是吃了多少醋啊！空氣都帶酸了。」

說著還向著旁邊嗅了嗅。

蔡冰顏也突然感覺剛才脾氣有些暴躁，於是低頭嘀咕，說道：「我有那麼明顯嗎？」

雖然兩人說話的聲音很小，但周圍的人都是修士，自然聽得很清楚，紛紛搖頭笑道：「愛情真美好。」

兩人頓感大窘，飛快地向著衣服區走去，離開那尷尬的地方。

蔡冰顏恨恨的瞪了張逆一眼，「都怪你，害得我丟臉。」想了想又歪著頭說道：「那侍女的身材是不是比我好？」

張逆眼皮一翻，小臉立刻擺正，一本正經地說道：「我都沒注意看，等會我們出去的時候我看看才知道。」

「哼！你敢看，我就閹了你！」

這時又一個漂亮的侍女走了過來笑著說道：「請問兩位貴客要挑選什麼樣的衣服呢？」

張逆急忙把蔡冰顏推向前，笑呵呵地說道：「我想給我夫人買件衣服，不知道有什麼好看的衣服可以推薦？」

侍女看到蔡冰顏待了好一會，嚥了咽口水說道：「這位姑娘真漂亮，什麼樣的衣服在妳身上都暗淡無光。只有我們店的鎮店之寶才勉強配得上妳這絕世容顏吧！」

張逆嘿嘿笑道：「那是當然，我夫人肯定是最美的，那你就把你們的鎮店之寶拿來給我夫人試試看吧！」

侍女彎腰行了一禮，說道：「那請兩位貴客稍等一會，我馬上去取來。」說完風風火火的離開了。

很快，那侍女就捧著一件七彩長裙走來，蔡冰顏看一眼就喜歡上了，再也挪不開眼。在侍女的帶領下去試穿衣服。

張逆則有些心不在焉的在衣服區等待著。

他心想：「怎麼女人都那麼麻煩呢？」

在意興闌珊中等了將近一個時辰，突然他看到一個身穿七彩仙衣的女子緩緩向他走來，臉上帶著淡淡的笑意，頭上還插著一根七彩簪子，柔順的頭髮隨風飄揚，那七彩仙衣更是把那凹凸有致的身材完美的展現出來，整個人感覺像是從七彩的夢幻中走出，飄然若仙。

張逆看得呆住了：「太美了，為了這一刻，等一輩子都願意。」

蔡冰顏看到張逆這副豬哥樣，掩嘴而笑：「怎麼樣？還行吧？如果你覺得不好看我就去換了。」

張逆甩了甩暈乎乎的腦袋，暗嘆道：「禍國殃民說的就是她吧！哎！看來我以後的情敵不少。」

隨後看向侍女：「這裙子多少錢？」

侍女也被震撼得小腦袋暈乎乎的，也同樣甩了甩腦袋，有些尷尬說道：「不好意思，剛才我走神了，這件裙子五百萬下品靈石。裙子上刻有防禦陣紋，能扛虛空境修士的攻擊，很划算的。」

蔡冰顏也有些吃驚：「算了，太貴了，不買了。」

張逆急忙說道：「買，一定要買。」

說得是斬釘截鐵，不容置疑。

第六章

買礦石

張逆兩人繼續在天寶商會內閒逛著，每走過一處都會發出一陣驚嘆聲和吞嚥口水的聲音。但同時也會看女子對身旁男伴侶的打罵，蔡冰顏感覺很不舒服，立刻在周身布置一道金光，晃得所有人眼冒金星。

張逆非常自豪的邁著八爺步，倒背著手走著，心裡非常得意。

「你們也只是看看，這可是俺夫人。」同時他的心裡也有些肉疼，五百萬靈石他是沒有的，在掌櫃的要求下拿出了十顆三品丹藥。

「看來還得拚命賺錢養家啊！」

兩人來到礦石區，這售賣礦石的地方寬敞無比，一個個石頭一排排的擺放著，還有三三兩兩的修士在石頭旁希望的打量著，希望能找到自己滿意的。

張逆也在左右打量著，但什麼也看不出，只得緊緊注視著丹海內的劍柄，卻是毫無反應，也只得運轉混沌破天訣去感應。

突然，丹海中的仙火顫動了一下，分出了三縷向著一邊而去，張逆也只得快步跟上，蔡冰顏也快步跟了過去。

只見仙火來到一個角落裡停下，只見這裡擺放著三塊半人高的礦石，有一塊不時有金光溢出，有幾個青年修士在希望觀看，有兩塊則布滿灰塵，無人問津。

張逆走上前一看，只見那塊有金光溢出的石頭標註的價格是三百萬，貴得嚇人，但對石頭沒有任何介紹。想來這萬寶商會也是不認識這塊石頭是何種材質。

那幾個修士看到張逆到來也沒放在心上，隨後又看到蔡冰顏緩緩走來，頓時目瞪口呆，口水直流，氣血翻騰。

紛紛走到蔡冰顏面前打招呼，其中有一個劍眉星目的男子搖著摺扇傲然地說道：「在下是金光城夜家弟子夜悠然，不知小姐芳名？」

另外幾人也紛紛擦掉口水點頭說道：「我們都是夜家弟子，不知姑娘可有看中的，我們買來送妳，就當是交個朋友。」

蔡冰顏瞥了這幾個夜家弟子一眼，眼底一絲殺氣湧動，深深吐出一口氣，冰冷地說道：「我不認識你們，請讓開。」

那夜悠然眼中閃過淫邪之光，淡淡地說道：「小娘子，或許妳不知道我夜家是何等勢力，但我告訴妳，夜家人的話沒人敢拒絕。」

說著幾人成合圍之勢圍住蔡冰顏，大有蔡冰顏再敢說一個「不」字，就馬上動手擒下。

張逆注意到這邊的動靜，殺氣瀰漫，正準備大開殺戒時，一個縹緲的女音響起：「夜家的人，請你們注意下場合，這裡是萬寶商會，下次再敢如此，我萬寶商會可是去你夜家逛逛。」

聲音很清脆，夜悠然頓時嚇得一陣哆嗦，顫抖著身體說道：「請大人見諒，再也不敢了。」

說完幾人匆匆離開了萬寶商會，只是在離開時盯著蔡冰顏冷笑著說了一句：「妳逃不出我們的手掌心。」

蔡冰顏直接無視那幾人，巧笑嫣然的走向張逆，同時看向一方淡淡開口道：「多謝出聲解圍。」

聲音平平淡淡。

只是過了很久，再也沒有聲音傳出。張逆正要詢問什麼，被蔡冰顏用手勢制止了，兩人繼續看著礦石。

在三樓的一個雅間裡，坐著一個絕美女子，有著傾國傾城之姿，身穿一件藍色長裙，勾勒出凹凸有致身材，她正是萬寶商會在林陽城的管事藍心月。

今天本想打坐修煉，忽聽有人要買七彩仙衣，被勾起了好奇心想看看到底是何人，於是施展祕法看著樓下的幻境。從蔡冰顏穿上那件七彩仙衣就一直在關注著，心裡也很震撼。

「想不到在這偏僻的地方也有如此氣質的女人，看能不能把她拐到萬寶商會來。」

但當看清楚蔡冰顏後，不由得小嘴張得大大的。

「怎麼是她？」

一個看管礦石區的藍衣侍女走了過來笑著看向張逆：「尊貴的客人，可有你看中的物品？」

聲音甜美，模樣可人。

張逆尷尬地笑了笑：「妳可不可以把你們這的管事找來，我和他商量商量，身上的靈石不夠，看可不可以用丹藥？」

說著還用手指了指那標示著三百萬的礦石。

侍女甜甜一笑：「那請客人稍等一下，我去問一下。」

說完轉身離開了。

張逆看著蔡冰顏：「蔡姐，可有看中的？」

「這是我操心的事嗎？」蔡冰顏冷哼一聲。隨後又傳音說道，「我被洞虛境強者盯上了，應該還沒看出我的修為。現在由你主導，要空間石和元素石。」

張逆秒懂，由他去選，別人就算想打劫，派出的人蔡冰顏也能解決。但由蔡冰顏去選，別人可根據她選的東西判斷出修為，那到時候派出的人就很恐怖了。

張逆又左看右看，心中也選好了石頭。

那藍衣侍女剛好走到門口就看到藍心月進來，急忙彎腰行禮，還沒來得及說話就被藍心月打斷：「我陪妳進去看看。」

不多時，張逆看到剛才那侍女領著一個絕色女子進來，心裡也有些詫異。

「這女子挺漂亮，不過比我夫人差一點。」

那絕色女子從進來後就一直看著蔡冰顏，神情非常激動。但心裡卻在腹誹：

「身材竟然比我還好一些，不知道吃什麼了？」

張逆走過去哈哈一笑道：「想必這位姑娘就是這裡的管事，我想在貴商會買點礦石，但沒帶夠靈石，不知可否用丹藥代替？」

「可以的，我會根據你的丹藥質量給出合理的價格，不知公子如何稱呼？」

「一個遊客而已，不值一提，再說，我夫人是個醋罈子。」張逆尷尬地撓撓頭。

藍心月頓時有些胸悶，以前見著的男子，那個不都是爭先恐後的介紹吹噓自己，而這傢伙居然只看我一眼就轉向別處，難道我很醜嗎？真是豈有此理。

但還是微笑著說道：「那請公子把丹藥拿出來我看看吧！」

張逆從儲物袋中拿出一個小玉瓶遞給藍心月，說道：「這是三品玄天丹，無海境修士服用可以提升一階修為，沒有任何副作用，但九重巔峰服用則不會提升那麼多。」

藍心月有些激動地接過玉瓶，打開瓶塞，頓時一股濃郁的靈氣瀰漫出來，這靈氣中帶著無盡的生機，比她所吃過的玄天丹品質還要好很多，讓她非常震撼。

但很快就平息了內心的激動，依然面帶微笑：「這丹藥品質比我以前服用的都好，我給你八十萬下品靈石一顆。你覺得如何？」

張逆心裡對這藍心月非常佩服，不愧是在商界摸爬滾打的人，情緒控制得很到位。頓時有些鬱悶：「哎！看來剛才被一樓的管事給坑了，才給我五十萬一顆。妳現在能收下多少顆？我想多選些石頭回去研究一下。」

「你想賣多少我就收多少，礦石我一律給你八折優惠。不知道能否有幸認識煉製這種丹藥的大師？那肯定是一個傳說中的大人物。」

張逆尷尬地笑了笑，說道：「我們開始選礦石吧！」

說完走在前面帶路，蔡冰顏則坐在礦石區的休息處，悠閒地喝著茶水，對張逆這邊毫不在意。

張逆一路走一路選，前後選了五塊石頭，有蔡冰顏需要的空間石和元素石，還有三個很堅硬的礦石，最後來到仙火提示的位置，指了一下那塊散發著金光的石頭。笑著說道：「就這些了，麻煩管事給我算算要多少靈石？」

藍心月也非常驚訝，心裡默算了一下笑著說道：「公子總共消費二千三百萬，給你八折優惠，就算一千八百萬吧！丹藥的話給二十顆就行。」

張逆也嚇了一跳，愣了一下，苦笑著說道：「一時入迷，沒想到就消費這麼多了，不知有沒有贈品？」

用手指了指那兩塊布滿灰塵的石頭：「把它們送給我如何？」

藍心月希望打量一番後，覺得沒有什麼特別就笑著答應了。張逆把石頭收走付了二十顆丹藥，心裡非常肉疼。

藍心月嬌笑道：「公子不再看看還有沒有喜歡的？」

「妳這東西有點貴了，也就看妳漂亮我才買那麼多，剛開始我也只看中了一塊。」張逆苦著臉小聲的在藍心月耳邊說道。

藍心月有些興奮地說道：「我漂亮嗎？比你夫人如何？」

「呃，都很漂亮，各有千秋，沒辦法比較。」

藍心月頓時笑了起來，真是一笑百媚生啊！

這時只聽一聲咳嗽，張逆頓時一陣顫抖，尷尬一笑道：「讓你看笑話了，我懼內。能否介紹一下藥材？」

說著走到蔡冰顏旁邊坐下，蔡冰顏則趴在桌子上用手撐著下巴看向別處，臉色非常難看。

「當然可以。」

藍心月叫來一個侍女吩咐幾句就來到張逆對面坐下，她對這小男人非常好奇。也是趴在桌子上用手撐起下巴眨著大眼睛看著張逆笑著說道：「難道公子真的不願意告訴小女子你的名字嗎？」

聲音是又暖又糯，無比魅惑。

張逆則是抬頭看天花板，蔡冰顏突然笑著看向藍心月。

「姑娘可有對象？可願做我家相公的妾，咱倆也可以成為姐妹？」

張逆聽到這話頓時嚇得汗水直冒，瞬間衣服就全溼透了。

藍心月則臉上出現兩團紅暈，有些吃驚地看著蔡冰顏：「真的？可我怕相公看不上我呀！」

蔡冰顏看了看她說道：「沒事。」

於是，兩個漂亮的女人就開始嘰嘰喳喳的討論起來。張逆在一邊都不敢聽。

但很快，一個侍女拿著一本藥材名單走了進來，兩個女人才停止交談。但臉都紅得發燙，藍心月不時用眼睛瞄向張逆。

張逆則是眼觀鼻，鼻觀心的坐著看藥譜，很快，選了七八百種藥材，並啟說明每一種要五十種，那侍女被驚得一愣一愣的出去準備藥材，不由得笑了起來，心裡非常激動：「今天我的提成也太多了吧！」

「相公，你買那麼多藥材幹麼？那得花好多錢呢，雖然你是我相公，但我也只是給老闆打工，沒辦法給你免單呀！」

張逆黑著臉，警告說道：「管事大人，我不是妳相公，別亂叫，我是有家的男人。」

「可是姐姐都接受我了，我們都商量好今晚一起服侍你了，姐姐說你可厲害了。我可是第一次，你可得對我溫柔點。」

藍心月嬌羞地看向張逆。

其實她也是挺嚮往有一個男人在他身邊，只是他遇到的都是一些只貪圖她美色的男人。

藍心月的家族在中域也是一個實力很龐大的家族，她是藍家附屬家族的女子，由於長像貌美，又修武天賦極高被主家看重培養，在一次歷練時被軒轅家直系弟子看中向藍家提親，藍家家主為了得到軒轅家的資源欣然同意。

藍心月反對遭到藍家人全力施壓，被逼無奈只得逃離，在逃離過程中遇到正在遊歷的蔡冰顏，被蔡冰顏出手相救，兩人一起在西北域闖蕩多年，機緣巧合之下遇到天寶商會的高層，得到賞識。

藍心月選擇加入天寶商會，而蔡冰顏選擇繼續遊歷，兩人才分開。

兩人都沒想到會在這裡相遇，藍心月更沒想到的是蔡冰顏竟然會嫁給一個小子，兩人傳音交流一番後，都對張逆很滿意。

蔡冰顏是想要彌補張逆，總覺得自己比張逆大得太多，藍心月是她的知心姐妹，也對張逆有意思，因此就有了剛才的一幕。

「管事大人，我們不熟，請妳自重。」張逆冷眼看向藍心月。

蔡冰顏有些忐忑不安地看著張逆，和張逆在一起這麼久，還從未見過他如此神情，那是真的生氣了，在她的印象中，男人不都喜歡左擁右抱的嗎？一時也不知道該說什麼，只是覺得有些委屈。

藍心月也有些羞愧難當，一時間誰也沒再說話。

不多時，侍女拿著藥材興奮的走了進來，恭敬的行了一禮，把藥材遞給張逆，說道：「貴客，一共一千萬下品靈石。」

張逆接過儲物袋看了一下，拿出十五顆丹藥遞給侍女，拉著蔡冰顏就往外走，藍心月看到正要走出門的兩人頓時心亂如麻，感覺好像失去了什麼最重要的東西。

張逆剛走到門口就碰到黃欣雨急沖沖的趕來，只見黃欣雨額頭上還有汗珠，還有些氣喘。

黃欣雨笑著遞給張逆一個儲物袋說道：「公子，這是三百萬靈石和一百株三品藥材，五十株四品藥材，五株五品藥材。藥材我黃家就只拿得出這些，不知公子可還滿意？」

「很好，你回去等消息吧！拍賣會結束後如果他還在城裡我會出手，如果不在，請你黃家找到人告訴我。畢竟我只是一個人，他要躲，我也沒辦法找到。」

張逆語氣平淡地看著黃欣雨。

「我黃家會密切注意吳軍的去向。那在下就先回去了。」黃欣雨再次彎腰行了一禮就離開了。

正當張逆準備回飄香樓時，蔡冰顏突然對侍女問：「你們這有練功房嗎？」

「有的，我們這的練功房分三種，第一種是外面一天，裡面一個月，這種練功房每天要收取一百萬下品靈石的費用。」

「第二種是外面一天，裡面半年，這種每天要收取五百萬靈石，第三種是外面一天，裡面一年，每天收取一千萬。不知貴客選擇哪一種？」

張逆還是第一次聽說還有這種練功房，不過這價格也太貴了。

他立即問道：「可以兩人一起進去嗎？」

這時藍心月接話道：「最多可以三人一起進去，我們三一起唄。」

張逆板著臉看著藍心月：「管事大人，我有夫人了，不知我用四品丹藥的丹方和意境能換給我多少靈石？」

藍心月愕然：「四品丹方和意境你都捨得拿出來賣？你很需要靈石嗎？」

「是，很缺。」

「那我用我的名義向天寶商會借一億給你，把那丹方和意境拿到明晚的拍賣會上拍賣，具體值多少我也沒辦法估量。到時候多退少補，你看可好？」

藍心月眨著大眼看向張逆。

張逆看了看蔡冰顏，見她點頭同意，也是笑了笑說道：「那謝謝管事大人的信任。」

說著把丹方和意境玉簡扔給了藍心月

藍心月嫣然一笑，丟給張逆一個儲物袋：「給我相公辦事不是應該的嘛！」

蔡冰顏看到張逆又準備發火，急忙說道：「我們就用第三種練功房吧！請帶路。」

她拉著張逆飛快離開。

練功房中，張逆拿出藥鼎在煉丹，他準備把所有藥材都煉成丹藥，供他倆這一年的練功之用。蔡冰顏則在用空間石感悟著空間法則，半月後，張逆煉完所有藥材，而蔡冰顏也從感悟中醒來，臉上露出滿意的笑容，想來收穫不小。

「蔡姐，這些天我對我的仙火也有很深的領悟，可以用它來給妳錘鍊肉身和靈魂，使妳的傷勢完全康復，而不會對妳的身體有任何損傷，只是會很痛。願意一試嗎？」張逆非常興奮地看著蔡冰顏。

「好，我需要準備什麼嗎？」

「不需要，脫光光坐那就好，畢竟仙火入體也直接把妳的衣服給燒了。」張逆頓時有些尷尬。

蔡冰顏頓時羞紅了臉，就這麼赤身裸體的呈現在一個小男人面前還是跟丟人的，雖然當初已經……但她沒有意識。可現在是完全清醒的呀！

於是怯生生地說道：「一定要全脫嗎？」

張逆紅著臉點點頭。

「那你把眼睛蒙上，不准看，不然就不治了。」

「可是把眼睛蒙上，萬一仙火傷到妳身體怎麼辦？」

「那我不管。我總覺得你是找藉口看我身子，我還沒嫁你呢？萬一你以後不要我了，我該怎麼辦？」

「好、好，聽妳的，我蒙上眼睛，可以了吧！我先布置一個大型的聚靈陣就開始。」張逆說著拿出靈石開始布置聚靈陣。

很快，聚靈陣布置好了，張逆手指點向聚靈陣的一處陣眼，頓時濃郁的靈氣出現。

「開始吧！」

張逆走進陣內盤膝而坐，開始調整狀態，還用一塊黑布蒙住眼睛，蔡冰顏扭扭咧咧的走進陣內，好半天都還沒脫。也不知道過了多久，才開始忐忑不安的褪去長裙，結結巴巴地說道：「可以開始了」

「先調整好狀態，很耗心力的。」

張逆語氣嚴肅，又把丹藥全部拿出來放在一邊說道：「煉體開始後，每隔一段時間吃一顆丹藥，隨時把身體調整到最佳狀態。」

蔡冰顏偷偷看了張逆一眼：「眼睛被黑布蒙住，應該看不到吧。」

於是收斂心神，調整狀態。

半小時後，張逆沉身說道：「蔡姐，我要開始了，心神放開，不要抵抗。」

「嗯。」

由於蒙著眼，張逆只得伸手亂摸，尷尬的說了一句：「蔡姐，妳丹田的位置在哪裡？」

蔡冰顏一把抓住張逆的手放在她丹田位置：「就這裡，別亂摸。」

「喔，好！」

張逆手掌按在蔡冰顏的丹田位置，心念一動，太初仙火順著手掌進入體內。

太初仙火在張逆小心翼翼的控制下開始給蔡冰顏煉體，疼得她忍不住悶哼出聲。

張逆聽到這悶哼聲頓時有些心猿意馬。就在張逆歪歪的想著時沒控制好仙火，直接疼得蔡冰顏尖叫連連。

聽到尖叫聲，張逆一陣後怕，急忙收斂心神，專心煉體，另一隻手也放在蔡冰顏的小腹，輸送著混沌之氣。

感受到蔡冰顏身上不斷有汗珠落下和咬牙的聲音，張逆也非常心疼。

「蔡姐，妳現在感覺怎麼樣？現在服一顆丹藥吧！」

蔡冰顏有氣無力的聲音傳出：「我感覺好痛，專心的痛。」聲音都有些顫抖。

「妳和那管事女人是不是認識？」張逆轉移話題。

「認識啊！我們認識好多年了，她也是一個可憐的人，被她家族逼她嫁給軒轅家來獲取利益，反抗無果後逃了出來，被我所救，我們後來一起經歷過很多次生死。我覺得她很不錯啊！你幹麼不喜歡，我和她一起嫁給你，你幹麼不樂意，還生我的氣？」

「我對她沒感覺，只想和妳在一起。」張逆說得非常肯定。

「那你對她有感覺不就行了嗎？難道真是因為她身材沒我好？」蔡冰顏現在也沒感覺到很疼了，心思也活絡了起來。

張逆乾咳一聲說道：「胡說，我都沒看她，再說了我奉行一夫一妻的原則。除了妳，別的女人沒想過，也不會想。」

蔡冰顏心裡頓時很滿足，嬌笑道：「我才不管，我準備給你多找幾個姐妹，我天天和她們在一起，看你怎麼辦？」

在兩人的交談中過了七天七夜，蔡冰顏的氣息變得更加渾厚，身體也變得更加晶瑩如玉。周身散發出淡淡的金光。

而張逆則是氣息有些萎靡，精神力也消耗巨大，但他仍咬牙堅持著，他明白這是蔡冰顏最關鍵的時候。

如此又過了半個月，張逆才收回仙火，現在的他簡直疲憊到了極點，全身靈力消耗殆盡，精神力也嚴重匱乏，一口氣吃了二十多顆四品丹藥才開始運轉混沌破天訣煉化，頓時感覺到身體無比輕鬆，就連修為也提升一大截，隱隱有要突破無海境的趨勢。

鞏固了一下境界，但精神力還是沒能恢復過來，又感受了一下蔡冰顏的氣息，也放下心來，心神一鬆，頓時就暈了過去。

而此時的蔡冰顏則是突破了洞虛境五重，正在吸收著聚靈陣內的靈氣鞏固境界，同時也拿出了一千萬靈石吸收著裡面的靈氣。

半天後一千萬靈石全部化成灰，而聚靈陣內也再沒有靈氣，她的境界也完全穩固。

睜開眼就看到張逆四仰八叉的躺著，急忙跑過去查看，探查到張逆只是昏睡過去才放下心來，悠悠嘆道：「你為何對我如此拚命呢？或者現在再給他做一次夢？」

說完臉又紅了起來。

張逆昏睡了兩天兩夜才緩緩的醒來。這兩天內他又做了一個香豔的夢，感覺特別真實。

不由得甩了甩有些昏沉的腦袋，他頓時有些愧疚，感覺褻瀆了蔡冰顏。

這時的蔡冰顏還在揮舞著逆顏劍，印得整個練功房全是七彩神霞，非常夢幻。似是感應到張逆醒來，她停止了舞劍，滿臉羞紅的走到張逆身邊坐下，關切地問道：「現在感覺怎麼樣？」

張逆看到蔡冰顏那關切的眼神，不由得打了自己巴掌，自責地說道：「蔡姐，我對不起妳，又做那種夢，褻瀆了妳。」

「你做什麼夢了？怕不是日有所思，夜有所夢吧。」聲音盡顯魅惑。

張逆頓時心頭一陣火熱，想到那夢中的一切，又看到此時蔡冰顏的媚態，突然兩股暖流從鼻孔奔流而出而不自覺。

就在他們進入練功房不久，林陽城拍賣閣一則消息引起了渲然大波。

「四品丹方復靈紫丹丹方和意境會在明晚的拍賣會進行拍賣。」

好多來此遊歷的大家族、大勢力子弟紛紛向各自的勢力彙報，那可是能讓三品練丹師盡快提升到四品的寶貝。

丹方還不是最重要的，特別是那意境，能讓練丹師感悟晉升四品，各大勢力紛紛帶著靈石匆匆趕來，一時間，林陽城空前熱鬧。隨處可見虛空境修士，偶爾還會看到洞虛一重的修士。

練功房中，張逆正在閱讀著一枚玉簡的內容，突然興奮得大叫起來，引來蔡冰顏不解的眼神。

張逆撓撓頭解釋道：「蔡姐，我們發財了，發大財了。」

神色激動地拿出來三塊礦石。

「用得著那麼激動嗎？」蔡冰顏不解地問道。

「那當然，不滅仙金，絕佳的練器材料，如意仙金，煉化後能隨著意念而改變。鎮魂石，能滋養靈魂。」

張逆又拿出兩個玉簡遞給蔡冰顏，說道：「這是兩部劍法，混沌劍法和九天玄女劍法，妳先盡快學會，以後在人前不能暴露出妳原來的功法，現在我們實力還不能和西門家抗衡，還不能引起他們的關注。我先煉化這三個寶貝。」

半年後，張逆用那三塊礦石煉成了兩個鎮魂珠、兩件如意內甲、兩柄不滅仙劍。兩人一人一份，滴血認主後，都非常滿意，只是蔡冰顏把張逆的如意內甲收走了，理由卻是想把它送給藍心月。

張逆委屈地看著蔡冰顏：「我才是妳的男人，妳怎麼這樣啊！」

蔡冰顏頓時笑得花枝亂顫，笑了好久才板著臉說道：「你再委屈也沒用，或者送我的給她，你自己選吧！」

說完優雅的走到一邊感悟著鎮魂珠的妙用，心裡卻是在說：「你穿上這內甲，我沒辦法不知不覺地脫啊！不過為什麼每次和他那什麼後都感覺身體內有一股特殊的氣流在滋養著我的筋脈和骨骼，難道我懷孕了？」

張逆還在哀嘆時看到蔡冰顏一個踉蹌差點摔倒在地上，頓時飛奔過去抱著她有些愧疚地說道：「蔡姐，別生氣了，我答應妳把內甲送給藍心月還不行嗎？」

蔡冰顏俏臉上一片煞白，但眼神中帶著喜悅之色，神思恍惚地回了他一句：「好。」

張逆看到那有些發白的臉頰更是心急萬分，急忙說道：「蔡姐，我錯了，以後妳說什麼就什麼，我不再反對。」

蔡冰顏突然掙脫張逆的懷抱紅著臉說道：「你說的可是真的？」

她突然想到如果真懷孕那現在肯定有一些特徵，但現在沒有感受到另一個生命的氣息。

「嗯！」

「那我們先好好練功吧！那混沌劍法還真是精妙絕倫，我現在由於體內混沌之氣稀薄也只能勉強的施展第一式混沌歸元，但也能滅殺洞虛境八重修士，九天玄女劍法也學會了前兩式。」

蔡冰顏興奮地說道：「希望這一年內還能更近一步。」

「會的，蔡姐冰雪聰明，天賦無雙，達到洞虛九重巔峰指日可待，妳順便再修練這個身法。」

張逆又拿出一個玉簡，裡面記錄的是一部「虛空幻影」身法。

第七章 山林殺戮

不知不覺，張逆也在練功房中待了近一年，還是沒突破到無海境，但氣息比進入時提升了十倍不止，靈魂力也到了天階初期，也學了幾部靈魂攻擊祕法，讓他非常滿意。

離出關還有一個月的那天，張逆仔細感應著身體的變化，突然他感覺到體內有蔡冰顏的功法路線圖，之前在山洞時也有過，還不是很明顯，但現在非常清晰，運轉混沌破天訣推演一番後皺眉不已，那功法有很大的弊端，練到高深處會讓人心脈受損，無法挽回。

張逆喚醒還在感悟劍法的蔡冰顏，並說出緣由，蔡冰顏點頭說道：「確實如此，每進一步，我都會感覺到心脈有一定的損傷，我只以為是我天賦不夠的原因也沒太在意。不過你體內怎麼有我的功法路線圖？」

心裡卻是有些確定：「應該是和他那什麼的緣故，我的體內也有他的本源在滋養著受損的心脈，如果對他沒損害的話，以後經常和他那什麼應該會好。」

張逆搖搖頭說道：「我也不知道啊！之前在山上時就有一點模糊的印象，現在很清晰。我推演一下看能不能修改過來，但我感覺還是曾經見過妳修練的功法，妳現在修練的不全。妳這功法哪來的？」

蔡冰顏頓時殺氣翻騰，聲音有些冰寒徹骨的述說著一段對於她來說非常久遠的心魔。

「當年，我才二十歲，就是我蔡家年輕一輩第一個突破無海境修士，我就一個人出門遊歷，偶然遇到西門中天，見我的美貌，就打聽到我的家族去提親，被我拒絕後，就派人滅我全族，我也是父親拚死在西門中天的手上救下來。」

「我也深受重傷，漫無目的的逃竄，最後逃到了西荒禁地，當時奄奄一息的倒在一個深坑中，但仇恨支撐著我要活下去，我就拚命的把能抓住的東西放到嘴裡，也不知道是上蒼垂憐還是什麼，我居然吃了一株九品神藥，在神藥的滋養下，我的身體也得到了改善，修為大漲。」

「我也在那坑裡得到了一部無名功法殘本，就是我現在所修練的功法。修練了十多年後我去找西門中天報仇時，西門中天已經是西門家的家主，我多次刺殺，但根本破不了他的不滅金身訣。我真的好沒用。」

張逆緊緊地抱著蔡冰顏溫和地說道：「以後一切有我，西門家這種家族應該被滅掉，而不是只死一個西門中天。」

兩人就這樣緊緊抱著，很久很久。

張逆的心裡很憤怒，也很難過。憤怒西門家的人草菅人命，他能想像到蔡冰顏這些年為了報仇過得有多艱難，為了提升修為不顧安危探險尋找機緣。

張逆看完蔡冰顏的功法後非常震驚，功法殘缺不全，一部分是根據經驗總結出來的。

不得不說，蔡冰顏絕對是一個天賦絕頂的女人。

張逆也想過讓蔡冰顏也修練混沌破天訣，思考了很久，風險太大。只待來日修為有說成後改編一個和她體質相匹配的混沌破天訣給她。

突然，張逆想起曾經在空間戒指裡面看過，當時還感嘆了一番。

急忙在空間戒指裡翻找。一個玉簡中烙印了一部名叫「九轉玄黃訣」的功法出現在眼前，閱讀理解一番後完全吻合。

「真是蒼天眷顧啊！」張逆頓時哈哈大笑不止。

「蔡姐，妳所修練的功法叫九轉玄黃訣，給妳完整的。」說著把玉簡遞給蔡冰顏。

「九轉玄黃訣很強嗎？」蔡冰顏疑惑地看著張逆問道。

「強不強，我是沒辦法比較，妳練了完整的就應該明白了。」張逆眉飛色舞地說道，「至少比不滅金身訣強大太多。」

「喔！是嗎？」

蔡冰顏接過玉簡，神識沉入其中，也頓時笑嫣如花。激動得抱著張逆吻了起來，讓張逆欲罷不能。

良久，蔡冰顏氣喘吁吁的丟下一句：「獎勵你的，」

說完就跑到一邊修練去了。

張逆氣得牙癢癢，大怒地說道：「蔡姐，妳可不可以別這樣，我的身體會爆炸的。」

最終用強大的毅力控制住了自己。又從儲物袋裡面拿出一個黑色石頭，剛拿出來，丹海中的劍柄顫動不已。

「希望你能給我點提示吧！」張逆喃喃道。

隨後心神控制劍柄出丹海，頓時黑石炸開，從裡面飛出一截劍身，大約是正常長劍的五分之一左右。

劍身飛出後就與劍柄徹底相接，就好像曾經是一個整體。

張逆握住劍柄，有一種水乳交融的感覺，頓時劍身上發出一陣璀璨的劍光，切割得這片空間寸寸斷裂，張逆心中大駭，手一鬆，半截劍鑽入身體在丹海處懸浮著，散發出絲絲縷縷的紫色霧氣洗鍊著張逆的身體，這紫色霧氣就是混沌之氣，而且非常濃郁，張逆急忙運轉混沌破天訣接納混沌之氣。

就在劍身和劍柄相接時，整個破天界突然天昏地暗，而且大地還在劇烈的顫抖，像是世界末日一般，讓得整個破天界的修士都是惶恐不安。但這一切張逆卻是不知道的，此時的他還在兢兢業業的吸收著混沌之氣煉體。

良久，張逆吐出一口濁氣，活動了一下身體，頓時一陣噼啪作響，急忙檢查身體情況，發現靈魂力變得更加精純，筋脈、骨骼和血肉都蒙著藍色氣韻，肌膚都變得細膩柔嫩，整個人的氣質變得更加質樸。還是沒能進入無海境，但張逆有種感覺，只要大戰一場，肯定能突破。

蔡冰顏像看怪物一樣看著張逆。

「你這皮膚怎麼搞的？好嫩，我也要，你趕快給我也弄弄。」

張逆尷尬地笑了笑，把手放在蔡冰顏的身上，混沌之氣注入到蔡冰顏體內，蔡冰顏頓感全身舒暢，運轉著完整版的九天玄黃訣引導混沌之氣遊走全身。

突然，藍心月的聲音響起：「相公，姐姐人都出來了還摸著不放？」

張逆兩人瞬間被驚醒。張逆只能緩緩收回手掌。左右看了看，現在也不是在練功房內。尷尬一笑道：「怎麼時間過得那麼快？」

藍心月又上下打量了蔡冰顏一番，有些意味深長地說道：「姐姐，相公怎麼樣？」

蔡冰顏頓時俏臉緋紅：「他不知道，別說這事。」

「啊！」一聲尖叫響徹雲霄。

「別一驚一炸的，喏，妳相公送妳的定情信物。」蔡冰顏把如意內甲遞給藍心月。

藍心月接過內甲，感覺輕若無物，溫暖柔軟，似鐵非鐵，似金非金，頓時愛不釋手。一團紅暈出現在她那絕美的臉頰上。

「相公，謝謝你送我的定情信物，我很喜歡。」

張逆頓感頭大，神色嚴肅地說道：「我不是妳相公，也不是我要送妳的，我還小，養不起妳，有蔡姐我就滿足了，再說了，我們的路不同。」

藍心月嘿嘿笑道：「相公，你會長大的嘛！我現在也辭掉了天寶商會的事務，以後我就跟著姐姐照顧你了。」

「妳老實告訴我，妳看上我哪點了，我改還不行嗎？我真的養不起妳啊！」張逆有些欲哭無淚。

「妳真的辭掉天寶商會的事務了？」蔡冰顏有些驚愕地說道，「天寶商會提出的什麼條件？像妳這樣的職位，知道不少天寶商會的祕密，應該很難放妳走，妳付出了什麼代價才讓天寶商會同意？」

藍心月一時間期期艾艾，神色有些慌張。

「妳如果當我是妳姐姐，張逆是妳相公，那就實話告訴我們，因為我們是一家人，沒必要隱瞞，我觀妳氣息虛弱，為什麼？」

蔡冰顏語氣平淡，但這些話深深的震撼著藍心月脆弱的心。

張逆走過去，一隻手搭在藍心月的香肩上，靈力進入藍心月體內，頓時眉頭一皺，說道：「怎麼傷得這麼嚴重？」

同時也把混沌之氣注入其體內，幫她穩定傷勢。

半個時辰後，張逆才收回手掌，神色非常凝重。

「對不起，我現在沒辦法治好妳。」

語氣中帶著愧疚。

「用你那仙火也不行嗎？」蔡冰顏有些期待地看著張逆。

「應該可以，但對她不行。」

「為什麼對她不行？」

「要衣服脫光。肯定不行嘛！」張逆尷尬地笑了笑。

「走，妹妹！我們去飄香樓，我可告訴妳，這件內甲神兵都難在上面劃一道口子，穿在身上能溫養身體，樣式還能隨著我們的心意改變。」

蔡冰顏拉著藍心月緩緩向著門外走去。

張逆看著那兩道靚麗的背影哭笑不得。

「這他媽什麼事嘛！莫名其妙的就多了一個夫人，可是我真的養不起啊！」說著也快步跟上她們。

這時只聽見藍心月驚訝的聲音傳來：「真的能改變嗎？」

張逆聽得一陣氣血翻湧，急忙屏蔽聽覺，他感覺如果再聽下去肯定會血管爆裂。

張逆走出天寶商會大門，長長地吐出一口濁氣，感嘆道：「空氣真好。」

正在此時，張逆看到蔡冰顏和藍心月被幾個青年模樣的男子圍住在談論著什麼，但張逆看到蔡冰顏的臉色帶著殺氣，也看那幾人非常面熟，撤掉屏蔽，快步走向前去。

自然，這幾人就是夜家子弟，自從在天寶商會礦石區見到蔡冰顏的美貌就讓夜悠然魂不守舍，於是就決定帶著五人在天寶商會門口等著蔡冰顏，等了一天一夜，就在夜悠然想要放棄時看到蔡冰顏和一個漂亮女人有話有笑的從天寶商會出來，夜悠然頓感皇天不負有心人啊！

付出終歸會有回報。這不，還是兩個絕世美女。

夜悠然眼帶淫邪之光上下打量著蔡冰顏，覺得她比昨天更美，吹彈可破的肌膚，盈盈一握的小蠻腰，凹凸有致的身段，再加上那誘人的大長腿，更顯成熟嫵媚。

一股邪火直衝夜悠然大腦，讓他有種不顧一切也要把這女人搶到手的衝動。

「美人，妳們讓本公子等得很辛苦，跟我走吧！我會好好疼愛妳們的。」夜悠然說完就哈哈大笑起來，那眼神更是發出嗜血之光。

蔡冰顏頓時俏臉冰寒，身上殺氣湧動。藍心月則嬌笑道：「你們夜家就你們幾人來林陽城嗎？」

夜悠然哈哈大笑道：「林陽城這種小地方還能有什麼人可以威脅到我夜家嗎？我們兄弟幾個就可以解決一切了。」

夜家的另外五個子弟也是淫笑著看向蔡冰顏和藍心月。

「也對，那我們去城外山林裡吧！那裡空氣好，方便辦事。」藍心月眼中帶著期待之色。

夜家子弟們非常激動地說道：「我們最喜歡在山林裡辦事了，這個美女真懂我們的心思。」

就這樣，幾人前後走出林陽城，蔡冰顏和藍心月神態自若的走在前面，中間是夜家六個子弟，一個個氣血翻湧，興奮得嗷嗷叫。張逆則一臉鬱悶地走在最後，小聲嘟囔著：「就殺這幾個廢物，用得著這樣麻煩嗎？」

不多時，夜悠然六人就來到了林中，看到蔡冰顏和藍心月正坐在一顆大樹下神態優雅的坐著有說有笑，不時還有悅耳動聽的呵呵笑聲傳出。

夜悠然看得痴了，大笑道：「美人，你們可真會選地方，這裡空氣清新，環境優美，最適合辦事，我都等不及了，快開始吧！」

說完就淫笑著開始脫自己的衣服，另外五人也是同樣的動作。

就在夜悠然剛脫掉上衣時，突感身後有一絲殺氣，他立刻倒地滾了一圈離開原來的位置，轉身一看，他的五個同族子弟全被一劍封喉，他原來所站的位置有一個相貌普通的少年手持一把金色長劍笑吟吟地看著他，劍尖還有鮮血在滴落。

當然，這少年就是尾隨在後面的張逆。當他看到這六人脫衣服時是怒火中燒，當即拿出不滅仙劍，控制著靈氣外放，一劍風神，殺了五人。

夜悠然是嚇得魂不附體，但當他靜下心神，發現張逆只是真元境時笑了，笑得很開心，他可是無海境巔峰，也曾殺過虛空一重修士。

頓時一躍而起，拍了拍身上的泥土，大笑道：「小子，你是不想活了嗎？一個小小的真元境就敢殺我夜家的人，你可知我夜家是你不敢招惹的存在。」

「我都把人殺了，想後悔也來不及了，你說該怎麼辦？」張逆戲謔地笑道。

「那你就自殺謝罪吧！我會開恩不殺你的族人，把所有女子送來伺候我，男子拉去做礦奴就好，你就跪地謝恩自殺吧！」夜悠然悠悠地說道。

這一刻，張逆變得很平靜，他知道這世界上像夜家這樣的家族還有很多很多，自己根本沒能力去管。

像夜家這樣的人，他不想讓他們再在這世上多活一刻，既然遇到了，那就殺吧！

全身靈力催動不滅仙劍，丹海中的斷劍也似乎受到張逆的情緒感染，也是散發出恐怖的劍光融入不滅仙劍中，頓時一股毀天滅地的劍芒斬向夜悠然，此時的夜悠然像是被定住一樣，全身動彈不得，無海境的靈力也被壓制的死死的，只得眼睜睜地看著劍芒臨身，灰飛煙滅。

張逆閉上眼睛，神色平靜地說道：「作為修士，為禍蒼生，該死，我遇到一個那就殺一個，遇到一萬就殺一萬，如果這天下全都是為禍蒼生之徒，那我就毀滅這世界，重新建立新的世界。」

藍心月聽到張逆的話突然明白了為什麼蔡冰顏會選擇和他在一起，他們走的都是同一條路啊！遇到他是幸，也是不幸。但至少在那不幸來臨之前和他在一起是完全沒有算計的。

這時，蔡冰顏那宛如仙樂般的聲音在張逆耳邊響起：「我腿麻了，給我按按唄！」

張逆一愣，隨既屁顛屁顛的跑過去呵呵一笑道：「好的！」

藍心月看得有些轉不過彎來，前一秒還是殺氣騰騰，怎麼後一秒就這樣了呢？只看到張逆笑嘻嘻的坐在蔡冰顏旁邊，把蔡冰顏的兩隻大長腿放在他的腿上，輕柔的按著。藍心月也把她的大長腿放在張逆的腿上說道：「我的腿也麻了，相公也給我按按。」

完全無視張逆那發黑的臉。

或許極致的殺戮需要極致的溫情才能沖淡吧！

一個時辰後，藍心月笑著說道：「拍賣會快要開始了，我們也該進城了，相公摸得真舒服，姐，妳舒服嗎？真是辛苦相公了，嘻嘻。」

張逆黑著臉說道：「我不是妳相公，別亂叫，我夫人就在旁邊呢。」心中卻在腹誹：「老子用混沌之氣給妳們溫養筋脈骨骼，能不舒服嗎？」

「要麼，兩個你都娶，要麼，你都別想娶。」蔡冰顏的語氣非常平淡。說完拉著藍心月向著林陽城的方向走去。

「啊！可是我養不起啊！妳們這是要累死我嗎？」

「沒事，我們養你。累不死你的，放心吧！」一個有些調皮的聲音傳到張逆的腦海。

「可是，可是我不想做小白臉啊！藍心月，妳長那麼漂亮，什麼樣的男人找不到，還都是排隊等妳選，我不帥，又沒錢沒勢，工夫又不好，妳到底看上我什麼了？」

「我和姐姐曾約定過，以後要嫁給同一個人，你選吧！還有你對姐姐做過什麼現在也和我做一遍吧！」藍心月跑到張逆面前紅著臉說道。

「沒有，什麼也沒做。」張逆頓時搖頭。

「哼哼！你還敢說沒有？那你親過姐姐沒有？摸過沒有？抱過沒有？」

「啊！她這也跟妳說了！」張逆一臉不可思議地看著藍心月。

「既然你承認做過那我也要，你摸過姐姐的哪個地方，也要同樣摸我的。」

藍心月說完就抱著張逆，嫣紅的小嘴狠狠的親上了張逆的嘴，張逆完全忘記了反抗，就直愣愣地站著。

突然又聽到藍心月的聲音傳出：「快摸。」

頓時大腦一片空白。

第八章

不滅金身訣

張逆氣血翻湧，喃喃道：「妳可真的想好了？跟著我可能以後會過著殺戮的生活。」

「那你可得對我們姐妹兩好些。」藍心月動情地說道，「你對姐姐做的事都對我做完了嗎？」

這時一個悅耳的聲音傳來：「這傢伙把我脫光了看遍了？」

「妳們別再誘惑我了，我真的快受不了了。」張逆苦著臉說道，說完大踏步離開。

今天的林陽城拍賣堂十分火爆，可謂是人山人海。

一個雅間中，蔡冰顏閉目感應著拍賣堂內的動靜，神色有些凝重地道：「怎麼會來了這麼多的洞虛境強者？今天拍賣的東西很貴重嗎？讓他們千里迢迢的趕來？」

「這都是相公拿出的四品丹方和意境惹出來的事，後來我才知道那意境可是能讓三品丹師快速提升到四品的寶貝，這破天界最高只有七品丹師，但三品、四品的丹師占大多數，如果他們能快速進階，有更多的時間去感悟下一層次，那他們肯定是不會放過的。」藍心月嘻嘻一笑。

張逆給兩女各倒一杯香茗，又給自己倒了一杯，喝了一口說道：「想不到會引起如此轟動？那以後我們就不愁沒靈石修練了？」

想到空間戒指中那麼多的丹方和意境忍不住笑了起來：「你們看上什麼儘管買，咱有靈石。」

說得那是相當的霸氣側漏。

兩女忍不住白了張逆一眼，張逆頓時有些尷尬。

蔡冰顏頓了頓說道：「我們倒是可以多收集資源，我這些年建立的破天宗可是資源緊缺。畢竟就靠我們三個人，就算修為再高也沒辦法自保。」

藍心月驚訝地看著蔡冰顏：「姐，破天宗是妳建立的？」

聲音非常激動。

破天宗在西域可是一個神祕莫測的勢力，很多大勢力都在打探，但都毫無收穫，只因破天宗人人都是虛空境以上，大部分都是女子，總是來無影，去無蹤。

這些年來根本沒人打探出破天宗的宗門在何處，但這個宗門秉持替天行道的原則，到處行俠仗義，很受世人尊敬，但也有很多勢力想除之而後快。

蔡冰顏淡淡地道：「是啊！她們多數都是被我所救而又無處可去的苦命女人。有很多都是凡人，為了讓她們能自保，我就把她們聚集起來，傳授她們修練，久而久之，就成了現在的破天宗。」

張逆忍不住讚道：「蔡姐真能幹。」

沉思了一下又說道：「妳們在這儘量多拍一些藥材和礦石，我去城內也收夠一些，儘量多煉製一些上等兵器和丹藥。」

藍心月嬌笑道：「相公，姐姐能幹，那我呢？」

「呃，妳也很能幹。」

「你和姐姐一起去吧！我們擔心你會遇到麻煩，畢竟林陽城現在可是龍蛇混雜，這裡有我就夠了，畢竟我對這行要熟悉些。」藍心月非常滿足地說道。

張逆和蔡冰顏從拍賣堂出來後就開始全城收夠藥材和礦石，一個個店鋪的掃蕩，只要是藥材，不管是幾品，都是全部購買，一個個藥材鋪老闆喜笑顏開。好久沒遇到這種大客戶了，把店內的存貨一掃而光。

兩人不知不覺來到了吳府附近，只見裡面燈火通明，好不熱鬧。

張逆嘀咕道：「這吳軍居然不去拍賣會湊熱鬧，而是在自己的府內大擺宴席，是招待什麼重要的人？」

蔡冰顏撩了撩秀髮說道：「那我們去看看。」

說著拉起張逆的手化著一道流光一閃而逝。

今天的吳軍可謂是紅光滿面，春風得意。就在今天中午，有兩個大人物來到他家裡，經過交談，他了解到兩人是從雲京城來的西門家核心弟子西門鴻飛和西門毅，兩人都是無海境巔峰，吳軍立刻下令大擺宴席招待兩人，並把自己的兩個女兒叫來作陪，希望被兩人看上，從而獲得西門家的庇護。

酒宴上，吳家的人都是滿臉興奮，他們吳家攀上西門家，西門家是西域的霸主，那他們吳家在不久的將來肯定能一飛衝天，勢無可擋。

一個個吳家人都在盡力的討好和奉承著西門鴻飛和西門毅。兩人也很享受這種奉承和討好，在這兩人看來，他西門家在這西域，不管走到哪都應該被這樣對待。

酒過三巡，西門鴻飛有些醉眼朦朧的在吳軍大女兒吳柔身上摸著。

吳軍看到此非常得意，在他看來，這西門鴻飛定是看上他女兒了，那他吳家一飛衝天的機會就要來了，於是諂媚奉承地說道：「公子可帶小女去房間玩。」

西門鴻飛淫笑道：「不急，吳家主可知我兄弟二人此次前來是為何事？」

「還請公子賜告，如有需要我吳家之處，我們定全力相助公子。在這林陽城，我吳家還是有一點勢力的。」吳軍諂媚地說道。

西門鴻飛頓時哈哈大笑起來：「好，很好，我們來此是探聽到此地有寶物出現，不知吳家主可有聽說此事。」

「前段時間，我聽說林陽城東邊百里外的山林中有七彩神霞的異象出現，不知西門公子說的可是此事？」

吳軍面帶詢問之色看向西門鴻飛。

「真有此等異象？可有派人去尋，如果找到的寶物讓我滿意，我必定大力扶持你吳家發展。」南宮鴻飛很有深意地看著吳軍。

「我曾派人去尋過，卻什麼也沒找到。」

「什麼？」南宮鴻飛頓時站了起來，也許是太驚訝，手上的力道有點大，他懷裡的女子也發出一聲痛苦的驚叫。

就在吳軍想要再說什麼的時候，一個略顯稚嫩的聲音傳進吳家宴會廳。

「你們肯定是尋不到的。」

眾人尋聲看去，只見吳府的上空緩緩飄落下來兩人，男的相貌平平，女的風華絕代。

其實張逆和蔡冰顏兩人早就到了，探聽到是迎接西門家的人，兩人就在吳府外布置陣法和空間壁壘。

開啟陣法後，兩人從天而降，本來他是打算等拍賣會結束再滅吳軍，現在看來沒必要等了。

吳軍聽到聲音抬頭看去，只見一個身穿七彩仙衣的絕色女子和一個相貌平凡的少年從天而降。

西門鴻飛和西門毅看到蔡冰顏那絕世容顏，兩人相視一眼，紛紛邪笑起來。

良久，西門毅才止住笑，邪邪地看著蔡冰顏：「想不我還能在此遇到如此絕色女子，真是不虛此行啊！既然來了就別走了，放心，把我伺候舒服了，我不會虧待妳的，我可是西門家大長老西門鷹的孫子，保妳以後榮華富貴。」

吳家眾人看到蔡冰顏那絕世之姿也是淫笑不止，各種汙言穢語不斷。

吳軍知道，這是他在西門鴻飛兩人面前體現價值的時候了，於是大笑說道：「真是天堂有路你不走，地獄無門你闖進來啊！來人，給我擒住此女，男的殺了餵狗。」

頓時，五個吳家護衛起身，邪笑著衝向張逆和蔡冰顏。

蔡冰顏則是眉頭都沒皺一下，看向身旁的張逆：「交給你了。」聲音是平平淡淡，沒有一點波瀾。

張逆笑了笑道：「妳好好看著妳家男人大展神威吧！」

說著一拳打出，五人頓時倒飛了很遠，摔在地上死得不能再死。那五人也只是真元境，根本就承受不住現在張逆的一拳。

張逆面帶微笑地看著吳軍，淡淡地說道：「吳家主，你還不快繼續叫人。」

吳軍被剛才的一幕嚇得愣了半晌，才一臉惶恐地看向西門鴻飛兩人，說道：

「還請公子出手，此子太強。」

西門鴻飛大笑：「就讓你瞧瞧我西門家不滅金身訣的威力！」

吳軍急忙彎腰行禮道：「公子出手，那自然是手到擒來。」

張逆抱著手在一邊站著，他也想看看被傳得神乎其神的不滅金身訣到底有何神奇之處？

西門鴻飛傲然地看著張逆：「小子，你一個真元境巔峰，也敢在我面前猖狂，真是愚昧無知，就讓本公子滅了你，免得你活在世上汙染空氣。」

說罷一腳向後微微彎曲，瞬間衝向張逆。

張逆看得微微一愣，同樣衝向西門鴻飛，就在兩人快要相撞時，同時一拳擊出，頓時兩人的拳頭撞在一起，一股恐怖的勁氣四散開來，周圍的吳家人紛紛吐血倒飛。

吳軍也是心中赫然：「這兩人實力怎麼那麼強，我差他們太多了。」

張逆和西門鴻飛兩人也各自後退了兩步。西門鴻飛也有些吃驚，明明相差一大境界，他是如何練到這一步的。

甩了甩有些發麻的手臂冷冷地說道：「小子，你還不錯，值得我認真對待，就讓你試試不滅金身訣的威力吧！」

西門鴻飛頓時氣勢大盛，無海境巔峰的氣勢瞬間爆發，周身還散發出淡淡的金光，整個人看起來猶如戰神臨世一般。

張逆也揉了揉有點疼痛的拳頭，真元境巔峰的氣勢衝天而起，混沌破天訣瘋狂運轉，他也想看看經過混沌破天訣煉體後的身體和那不滅金身有多大差距。眼中金光閃爍，戰意衝天。

兩股氣勢在吳府上空相互碾壓，壓得空氣啪啪作響，兩人也同時握拳衝向對方。

不滅金身訣，顧名思義，練到極致，可以讓人不死不滅，西門家以此功法雄霸西域，無人敢與之比肉身強度。

當然，不滅金身訣也是很難練成，除了西門家第一位老祖練成了真正的不滅金身外，後世西門家子弟無人達到那一步。

不滅金身訣共有五層，練氣、練體、練神、練虛、練劫，而西門鴻飛在年紀輕輕就達到了練體境界，也是西門家少有的天才。

兩人都是赤手空拳，一時間，吳家僅剩的人只聽到「砰砰」生不絕於耳，兩道人影都是極速碰撞，都想在肉身上碾壓對方。

兩人再次打出一拳，一聲巨響傳出，他兩人所在的位置頓時出現了一個深坑，四散的勁氣更是把吳府炸成一片廢墟。深坑中還在不斷地傳出碰撞聲，還有西門鴻飛的怒喝聲，不多時，怒喝聲漸漸減退，碰撞聲也消失了。

西門鴻飛是西門家大長老西門鷹的孫子，天賦不錯，而西門毅則是旁系子弟，平時西門毅也很看不慣西門鴻飛的盛氣凌人，但礙於西門鷹的權勢，也只得討好西門鴻飛，今天這種機會難得，西門毅也忍不住想嘲笑一番。

於是西門毅大笑道：「堂弟，看來你還要加緊修練啊！一個真元境的肉身都能讓你打那麼久。」

這時，一個冰冷的聲音從深坑中傳出：「他再也沒辦法修練了！」

西門毅聽到此話頓時有些心慌，急忙施展身法從吳府外面掠去，但剛到半空就被一道無形的屏障給擋住了，瞬間一拳轟向那無形屏障，非但沒打破屏障，反而被反彈的力道傷及自身。

張逆從坑洞中提著被他活生生用拳頭打死的西門鴻飛一躍而起，來到地面上，緩緩吐出一口濁氣，喃喃道：「這不滅金身訣果然霸道，被這種功法注入體內，後果不堪設想。它會不斷磨滅生機，而且無法修復。幸好我的混沌破天訣也夠霸道，不然今天勝負難料。」

西門毅看到西門鴻飛的死狀更是拚命的攻擊著屏障，希望能逃離此地。張逆冷笑道：「你是破不開那屏障的，除非你能殺了我。不過你還差得遠。」

說完拿出不滅仙劍一躍而起，不滅仙劍吞吐的璀璨的劍芒刺向西門毅。

西門毅看到那無可匹敵的劍芒，頓時戰意全無，慌忙運轉不滅金身訣拿出長劍格擋，長劍應聲而斷，不滅仙劍的劍勢不變，一往無前的刺向西門毅。

西門毅驚恐地看到平時那刀劍難傷的不滅金身居然在一點點裂開，更是嚇得魂不附體，尖叫著拚命後退，但那劍芒緊追不捨。

張逆也不想再浪費時間了，全力灌注在不滅仙劍上，劍芒再次爆漲，攪碎了西門毅的丹田，另一隻手直接抓住西門毅的頭顱，施展搜魂術讀取記憶，然後一掌把西門毅拍成灰。

張逆緩緩落地，注視著吳軍，淡淡地說道：「我就是殺了你兒子的人，你不報仇嗎？」

此時的吳軍癱倒在地上，瑟瑟發抖，面若死灰。口中苦澀地說道：「看來天亡我吳家，真是報應啊！」

說完緩緩閉上眼。

張逆不在廢話，一劍揮出，滅了全府的人，順手把吳軍的儲物袋拿走，也在吳府找了一圈，把吳家的財物掃蕩一遍，非常滿意地笑了笑。

「收穫還真不少。靈石就有幾千萬，藥材更是數不勝數。」

蔡冰顏溫柔地笑了笑說道：「沒事吧！」

雖然剛才的大戰她全程關注，但她知道那不滅金身訣的恐怖。也是提心弔膽的，害怕張逆留下暗傷。

「沒事，蔡姐，我們走吧！去黃家告訴一聲，就去拍賣會與藍姐匯合。」

蔡冰顏手一揮，撤掉陣法屏障，兩人緩步走向黃府方向。

張逆忍不住嘆道：「那不滅金身訣果然霸道無雙，我從那西門家人記憶中得到了修練法訣，回去好好研究一下，好針對性的找出破解之法，我練的功法不懼不滅金身訣的破壞，但你們現在還不行，如果遇到同級別的對手，你們根本不能戰勝。」

蔡冰顏點頭說道：「確實所此，這功法非常奇異，留存在體內的殺機很難磨滅。我是吃過好多次虧，不過現在有你，我不怕了。」

就在張逆殺死西門鴻飛的那一刻，不知道多少萬里外的雲京城，西門家的一座龐大宮殿中，一個鬚髮皆白的老人正在打坐，突感懷中的玉牌碎裂，摸出一看，玉牌碎成了無數塊。

頓時洞虛境八重的恐怖威壓直衝天際，發出一聲怒喝：「誰？是誰殺了我的孫兒？」

聲震九霄，雲京城都感覺晃動了好幾下。

蔡冰顏兩人施展飄逸身法來到黃府家主書房的房頂，裡面黃家幾人在興奮的交談著。

黃欣雨收到吳家被滅後發出爽朗的笑聲：「那三百萬靈石和那些藥材真是花得值得，以後在這林陽城只有我黃家一家獨大，城主府也不敢妄動。」

「我們可以更方便為門主大人效力了。只要我們能提供更多的少女給合歡門，說不定合歡門的長老會收我為弟子，到時候我們黃家就將在西域崛起，成為一個不錯的大勢力。」

書房中全是一陣恭賀聲和對未來崛起後的嚮往。

這時，主位上的黃家家主黃忠發出一陣暢快的大笑：「我兒這招驅虎吞狼的計策果真不錯，不過我們還要盡快多找一些漂亮的少女，前幾次送了五百個少女給合歡門，他們對我們的做事效率非常滿意，賞了我不少丹藥，不過現在也很難找到像樣的少女了，哎！」

黃欣雨神祕一笑，說道：「父親，我已經找到了六百凡人少女，人人模樣俊俏，被我安排在城外東邊的一處莊園裡，安排了一百個真元境護衛守著，她們跑不掉。」

「好，我兒真是人才，這想法真不……」

黃忠話還沒說完就被張逆憤怒的聲音打斷。

「你兒真不錯，真是一個人渣。」

張逆飛身而下，恐怖的威壓壓得黃家眾高層動彈不得，一手捏住黃欣雨的脖子說道：「我以為這林陽城只有吳家欺男霸女該被滅門，可是你黃家更是罪無可恕，連凡人都不放過。」

說完釋放出太初仙火把黃府燒得乾乾淨淨，黃欣雨被嚇得暈死過去。

張逆攝取了黃欣雨的記憶後，又是黃府收刮了所有財物，帶著蔡冰顏離開，心情很複雜。

「為何人心可以如此狠毒，為了一己之私，殘害眾生，那麼我呢？這些天也殺了無數生靈，在別人眼裡，我又是不是惡魔？」

蔡冰顏似是看出張逆所想，淡淡地說道：「只要我們做事無愧於心就好，至於好壞就留給別人去評論吧！」

張逆沒有說話，只是覺得很煩躁，蔡冰顏也沒再勸。

就這樣兩人來到拍賣閣，此時拍賣也接近尾聲，藍心月正在興奮的竟拍著一塊奇異礦石，看到蔡冰顏和張逆，正準備說什麼，看到張逆那一臉糾結的表情忍不住問道：「姐，相公這是怎麼了？」

「呃，他叫我們晚上和他一起睡，我沒同意，生氣了唄！妳看他那臉都快扭成一團了。」

蔡冰顏漫不經心的說了一句，優雅的走到長椅邊，斜躺在上面，深邃的雙眸帶著深意地看著藍心月。

藍心月也走過去和蔡冰顏斜躺在一起，委屈的叫了起來：「啊！那妳為什麼不同意？可是我想和相公睡呢。」

隨後又很好奇地看著張逆：「那你說我們三個一起睡，誰睡在中間呀！」

這兩人果然是姐妹，一個眼神就懂，瞬間就把張逆那胡思亂想的心思拉了回來，這不，張逆冤枉的叫了起來：「藍姐，妳別聽蔡姐胡說，我沒有。」

藍心月狡黠的一笑：「你不想和我們一起睡？」

還不斷地拋著媚眼。

「想，我現在就想。」

張逆眼睛直愣愣看著這兩絕色女子，喉結蠕動，心跳加速，也顧不上這兩女子是不是絕世強者了，直接就撲上把兩女摟在懷裡，還忍不住在藍心月的俏臉上親了一口。

蔡冰顏瞬間掙脫了張逆的懷抱，冷哼一聲：「果然舊愛不如新歡啊！看，現在都不親我了。」

語氣那是醋意十足。但心裡卻有一絲喜悅。

就在這時，拍賣師的聲音響起。

「紫金神鐵一百五十萬，可還有再加價的？」

「相公，我想要那塊礦石來煉劍。」藍心月語氣非常急切地看向張逆。

「好。」

張逆應了一聲，放開藍心月，轉身走到窗口笑著說道：「三百萬！」

藍心月正要和蔡冰顏說話，聽到張逆的報價頓時一個趔趄，蔡冰顏正拿著杯子喝水的手也不自覺的停了下來，兩人相視一眼，異口同聲地說道：「有你這樣加價的嗎？」

拍賣會場也頓時鴉雀無聲，都在心裡大叫：「這是哪來的白痴？一次加那麼多？」

剛出一百五十萬的那個包廂頓時發出一聲怒喝。

那是一個青年，是隔壁大城楓林城林家的少主林雲，也是看中了紫金神鐵，但一百五十萬就是他的極限了，剛開始拍賣了太多東西，導致現在沒錢了，本來眼看要到手的寶貝就這樣泡湯。

只見他俊朗的臉龐猙獰得嚇人，無行的殺氣透體而出。

「查，給我把那人找出來，拍賣會結束後滅了他。」

跟著林雲來的幾個長老大氣都不敢出，他們很了解林雲，那絕對是一個心狠手辣的主。

「那真是寶貝，我的仙火都在跳動，和不滅仙金差不多品級。」張逆微笑地看著兩女解釋。

「哼！你就是一個敗家子。」兩女無奈的搖搖頭，不再理會張逆。

張逆就這樣輕鬆地得到了紫金神鐵，看著那一人多高的神鐵，咧嘴笑了。

後面的拍賣品都沒有他們看得上的，三人就在包廂裡閒聊，直到拍賣結束，張逆看到一個神祕人出價一億五千萬拍走丹方和意境也非常驚訝。忍不住唏噓：「真是有錢人啊！」

拿走拍賣品後，三人向著城東走去。

剛走出城外，蔡冰顏就感應到後面有人跟蹤，但卻是不在意，心中冷冷地說道：「只要你們敢跳出來，我就讓你們後悔來到這個世界。」

藍心月見蔡冰顏神色有異，小聲問道：「姐，有什麼事嗎？」

「沒什麼事，就是後面有幾條尾巴。」蔡冰顏語氣平淡，對跟蹤她們的那些人毫不在意。

「喔！這還用我們操心嗎？咱們的男人英明神武的，這點小事難不到他。」

「藍姐，我怎麼感覺妳在罵我呢？我們三人就我修為最低。」張逆臉色有些發黑。

藍心月嘻嘻一笑：「沒有，我誇你呢！」

後面跟蹤的人自然是楓林城林家少主林雲和林家三個長老。當看到張逆三人從包廂走出來後更是殺意滔天。

「這混蛋居然只是真元巔峰修為就敢跟我搶寶物，而且還帶著這麼漂亮的兩個女人招搖過市。」林雲一聲怒喝，「給我追，一定要滅了他，搶回神鐵，順便也把那兩女人搶來玩玩，長那麼漂亮，跟著那混蛋真是浪費了。」

於是，林雲四人一路尾隨，看到張逆三人出城，更是喜不自勝。

很快，林雲四人就在一個偏僻的小樹林看到張逆三人在一塊大石上坐著聊天，還不時聽到兩女子的呵呵笑聲，像是完全沒發現附近有人。林雲大手一招，三個長老直接躍出把張逆三人圍了起來。

「請問三位有何貴幹？」張逆不緊不慢地問道。

「有何貴幹？」其中一個灰衣長老大笑起來，「真不知道你是天真還是無知，居然敢半夜三更帶著兩個如此絕色的女子在荒郊野外。而且還敢搶我們少主的寶物，你真是活夠了。」

「喔！你們是看上這兩個美女啦！」張逆非常驚訝地看著灰衣長老，心裡忍不住笑出聲來，「真佩服你們，居然想搶洞虛境的強者開玩，也不瞧瞧自己什麼修為，真是無知者無畏啊！」

「是我看上了你的兩個女人。」林雲緩步從林中走了出來。

「我們認識？」張逆注視著林雲，確定沒見過這人，不由得有些困惑。

林雲一聲怒喝：「小子，你搶了我的紫金神鐵，居然還敢說不認識我，真是找死。」

「你待如何？」張逆輕語一笑，完全無視林雲，他也想看看這林雲是否有取死之道。

「乖乖獻上神鐵，然後自盡吧！你的這兩個女人就由我來照顧了。」林雲直勾勾地看著蔡冰顏和藍心月，猩紅的舌頭舔著嘴唇，不斷地吞嚥著口水。

此時的蔡冰顏和藍心月兩人嬌軀有些顫抖，也不知道是氣的還是什麼，但在林雲看來這兩人就如受驚的小白兔，完全沒看出她兩才是最恐怖的人。

「搶女人這種事，你們沒少幹吧！」張逆戲謔地看著林雲。

「難道你還能反抗嗎？」林雲一陣大笑，轉頭吩咐道，「你們三個看住這兩美人，等我滅了這小子後好好玩玩，說不定等我玩厭了會賞給你們。」

「是！」那三個長老頓時大喜，就算被人玩過了那還是美女不是？何況那身材真是沒得說。

「出手吧！小子，看你的女人的分上，讓你一招。」林雲俯視著張逆，臉上露出森然的殺機。

張逆也不在廢話，混沌破天訣極速運轉，破空一拳轟出，恐怖的拳勁瞬間來到林雲身前，林雲感受到這一拳的霸道，急忙運轉全身功力匯聚右手，迎上攻來的拳頭，兩拳相撞，發出一聲驚天轟鳴聲，周圍的山石被碾壓成會，樹木也倒了一大片。

兩人也同時被震退三四步。

「還真是小看你了。」林雲扭動著手臂戲謔一笑。

「你高看過我嗎？」張逆語氣平淡，再次揮拳迎上。

林雲一躍而起，避過張逆那霸道的一拳，隨既拿出長劍，一劍凌空斬下。

「來得好。」張逆同樣是一拳轟向那劍芒，只是這次他的拳頭經過丹海中斷劍力量的加持。

第九章

為家努力

張逆的一拳打在林雲的長劍上，傳出金屬碰撞的聲音，打得林雲的長劍嗡鳴顫動，但張逆也被林雲長劍之上蘊含的力道震得悶哼後退，手臂也有些發麻。

「煉體術不錯，快要比得上西門皇族的不滅金身訣了。」林雲淡淡一笑。

「還有更不錯的，希望你等會還能笑得出來。」冰冷的聲音攜帶著冰冷的殺氣，張逆再次揮拳。

「砰！砰！砰！」

拳頭和劍的碰撞聲響徹雲霄，林家的三個長老看得心驚肉跳。

「這小子那來的煉體術，還真是霸道啊！還有他的靈力為何如此雄厚，和少主打了那麼久都沒有一點枯竭。」

蔡冰顏和藍心月看得是異彩連連，同時也隱隱有些擔憂，張逆光靠拳頭還不能打敗林雲。

「陪你玩了那麼久也該結束了，小子，受死吧！」

林雲一聲冷喝，一步踏出，長劍高高舉起，瞬間無數劍芒衝天而起，匯聚成一柄巨大的能量劍，轟然斬下。

「這小子也該死了吧！這可是我林家最高絕學狂風斬。」

林家的三個長老看得神采飛揚，那可是他們也沒能學會的絕學啊！

「鎮魔！」

張逆一聲大喝，同時後腳蹬地，如同炮彈一般的衝向那能量劍，拳頭和能量劍瞬間相撞

「砰！」

能量劍頓時炸裂，四散的劍氣在空氣中飄散。而張逆也被砸落地面，口吐鮮血。

「看來還是有些自大了。」張逆擦掉嘴角的血液，施展飄逸身法瞬間來到林雲身邊，再次一拳強勢轟出。

此時的林雲還在震驚當中，居然有人能用拳頭擋下他的狂風斬，而且還是比他低一個境界的人，這是他萬萬想不到的。他回過神來時，張逆的拳頭也砸在他的臉上。

「砰！」

還算剛毅的臉龐直接被打歪，林雲也被打下了天空。

身體在地上砸出了一個深坑，林雲也被摔的暈乎乎的，五臟六腑都錯了位，口中不停的湧血。林雲只是劍修，身體素質比張逆就差得太遠了。

「轟！」

張逆得勢不饒人，一個俯衝，一拳直接轟碎了林雲的丹田。

頓時一聲撕心離肺的慘叫聲從林雲口中發出，只見他披頭散髮，衣衫破碎，面容扭曲，狀若厲鬼，丹田的破碎直接擊潰了他的心神，只得用怒喝來平復對死亡的恐懼。

這一切都在電光石火之間，林家三位長老都沒來得及反應。

「小子，你敢廢我家少主，真該死。」

還是那灰衣長老率先回過神來，頓時一聲怒喝，就要衝過去滅殺張逆，但他突然感覺動不了，不由轉身看向另外兩人，也同樣是無法動彈。

張逆懶得理會這三個長老，直接收走林雲的儲物袋，又是一拳打出，林雲瞬間被打成了灰。

那三圍長老看得氣血爆湧，但卻毫無辦法。

「不知是哪位前輩大駕？可否解開我等的禁制，我們是楓林城林家的人，以後我們林家會重禮酬謝。」灰衣長老顫抖著老軀看向四周。

一個縹緲的女音在灰衣長老的身邊響起：「不用看了，在你們身邊呢，現在你們可以去死了。」

灰衣長老轉頭驚恐地看到剛才還是小白兔的兩個女人舒展著身體站了起來，同時也感覺到自己的身體在一點點的化為虛無。

張逆閉目調息了一下，感覺到身體強度又有所精進，也不由得笑了起來，但還沒笑出來就聽到蔡冰顏的話，頓時就笑不出來了，只得低頭說出三個字：「我錯了。」

「你告訴我，你的敵人只有一個嗎？如果有人在不遠處隱藏著等你們兩敗俱傷再出來，你該怎麼辦？敵人是什麼？敵人是要殺死你的人，既然選擇動手，那就要以最快的速度殺死敵人，不是向你這樣和敵人硬碰硬，讓自己受傷。」

「在斬殺對手的同時也要分出精神力去感應四周，有時候就算我們在你旁邊，也沒辦法能第一時間給你擋下所有攻擊，你可懂？」

蔡冰顏說得非常嚴厲，她也有些不忍，但不得不說。

張逆頓時冷汗直冒，像個犯錯的小孩傻站著接受長輩的說教，他還從沒見過蔡冰顏用如此語氣跟他說話。

半晌後，藍心月用小手推了推還在發傻的張逆：「你是不是在怪姐姐對你太苛刻了？」

「沒有啊！我知道她關心我，所謂的愛之深，責之切，我是感動得不知道該說什麼了，嘿嘿嘿！」

藍心月無奈地翻了一個白眼：「你的臉怎麼那麼大呢？」

順手從張逆身上取走林雲的儲物袋，跑去和蔡冰顏分贓了。

半個時辰後，天微微亮，正是萬物復甦之時，但一處莊園內卻是火光衝天，打罵聲不斷，還有女子的哭聲。

張逆被兩女架在中間御空飛行，眨眼間就來到了這座莊園的上空，看到莊園內的一幕三人都是殺氣衝天。

蔡冰顏直接施展了空間禁錮神通，把莊園內的所有人直接禁錮，藍心月也施展了一個劍技法術，瞬間莊園內的男人全被劍氣貫穿身體。

三人從空中緩緩落下，蔡冰顏解開了空間禁錮，那被劍氣貫穿身體的人頓時倒地而亡。

莊園內就剩下那些滿身傷痕，衣衫不整的女人，一個個都直愣愣地看著蔡冰顏三人，好像她們都忘記了身上的疼痛。

「現在，你們安全了。可以回家去了。」蔡冰顏淡淡開口。

這幾百人聽到蔡冰顏的話才如夢初醒，紛紛跪在地上，不斷向著三人磕頭。

其中有一個衣衫不整，頭髮凌亂，但身材還算不錯的女人哭泣著說道：「上仙，我們沒有家了，在被抓來的時候這些畜生就把我們的家滅了，父母、兄弟姐妹也全都被殺了。懇求上仙收留我們，傳我們仙法吧！」

眾女又是不斷磕頭。

「修仙是一條不歸路，凶險萬分，隨時都有喪命的可能，妳們可想好了？」蔡冰顏聲音冰冷異常。

「我們想好了，現在的我們和死了也差不多，懇請上仙傳我們仙法，我們要剷除那些畜生。」幾百人都是異口同聲地說道。

蔡冰顏略微沉默了一下淡淡開口：「我可以傳妳們仙法，只希望妳們能用所學保護更多受到傷害的人。我也希望妳們能走出這一段陰影，不為仇恨而活，更不能做傷天害理的事。」

眾女又紛紛磕頭感謝。張逆也拿出傷藥替她們治傷，這些女子多數都是春光外洩，看到張逆去給她們上藥，她們也都沒有遮掩，但眼中都露出仇恨之光，身體是否被看光毫不在意。

張逆也只得尷尬的把藥給藍心月。

等到眾女都上好藥，蔡冰顏再次開口：「從今天開始，我會認真訓練妳們，等會我會城裡給妳們買些隨身衣物和食物，有什麼特別要求儘管提出來，我會儘量滿足妳們，我在這裡待不了多長時間，以後還得靠妳們自己。」

一個女子鼓起勇氣說道：「還請上仙告訴我們妳的名字？」

「我不是什麼上仙，我叫蔡冰顏，妳們以後可以叫我姐姐。」蔡冰顏說著又指向張逆和藍心月說道，「這兩人一個叫張逆，是我男人，一個是我妹妹，名叫藍心月。」

眾女又要磕頭，但被一股無形的力量禁錮。

「我們以後就是一家人，不必下跪，以後也不准給任何人下跪，可懂？」蔡冰顏微微一笑，隨既解除了禁錮。

眾女死灰般的眼神也漸漸有了一絲生機。

「那現在麻煩姐妹們都寫一下妳們的三圍尺寸吧！方便給妳們買合身的衣服，儘量標註一下妳們的特別需求。」藍心月拿出紙和筆送到那些女子面前笑著說道。

中午，張逆三人在再次來到林陽城，頓時感覺到這林陽城的氣氛不對，還真是有人歡喜有人愁。張逆精神力釋放出來感應了一番，不由得臉上露出欣慰的笑容。

整個林陽城都在討論著到底是誰滅了吳家和黃家，一部分人是淚流滿面的跪謝上蒼顯靈，而另一部分則是異常恐懼，害怕自己也會落得同樣下場。

今天的蔡冰顏依然是身穿七彩仙衣，但那傾世的臉龐卻被一張素色絲巾擋住，但那修長的大長腿依然讓人心動不已。而藍心月身穿藍衣，就如一朵嬌豔的玫瑰花，靈動而又魅惑。

三人在街道上左看右看，希望能發現什麼寶貝，但卻是無所得，不得不向著萬寶商會走去，夠買金屬礦石和藥材。

現在的張逆那可是財大氣粗，西門家兩人的儲物袋讓他們喜笑顏開，光是靈石就有好幾千萬，別的什麼靈器丹藥更是不少。

三人剛走到天寶商會門口，就被幾個青年攔住。

其中一個身穿紫金長袍的青年發出陰狠的笑聲：「藍心月，現在妳也不是天寶商會的人，我看現在的妳還能不能逃出我的手掌心，乖乖跟我回去，讓我盡情的玩弄吧！把我伺候舒服了說不定能留妳一命。」

藍心月有些哭笑不得，今天這是什麼運氣啊，居然會遇到這個王八蛋。

她可是知道這幾人很不好惹，為首一人正是西域第一宗門玄心劍宗宗主之子薛斌，玄心劍宗在破天界西域那可是威名赫赫，宗內強者無數，宗主薛文更是洞虛九重的修士，玄心奧妙訣更是神妙無雙。

據傳言，曾經玄心劍宗的一個弟子看上一大世家的女兒，求婚不成，結果那弟子帶著玄心劍宗的人一夜之間就把那女人的家族滅殺乾淨，女人全部被侮辱一番後，直接赤身裸體的掛在門前，無人敢放下來，全部被活活餓死。

藍心月在雲京城的天寶商會出任管事時，就被眼前這男人看上，礙於天寶商會的勢力，薛斌也不敢放肆，不得不放下搶藍心月的心思。

天寶商會神祕莫測，商會遍布五大域的每一個城鎮，商會的每一個人都會受到保護。

當然，她藍心月也不是好惹的主，就算現在脫離天寶商會也不會任人拿捏，當即冷笑道：「今天這是什麼運氣，居然遇到了瘋狗。」

聲音中透著森寒的殺機。

張逆看向對面的男子，頓時殺機四溢，但很快又收斂氣息，溫柔的安慰著藍心月：「別動氣，夫人，不就一隻瘋狗在亂吠嗎？妳相公我給妳趕走就是。」

薛斌是誰？那可是虛空境一重修士，居然被一個小小真元境和一個小女人罵成是瘋狗，再加上他那囂張跋扈的性格，如何受得了此等侮辱。頓時就怒火衝天，一掌拍向張逆三人。

張逆頓感被一股恐怖的殺機鎖定，他根本動彈不得，但他不得不動，瘋狂的運轉著混沌破天訣，雙目猩紅，一聲大喝，悍然跨出一步擋在兩女身前，流星拳的鎮魔一拳強勢轟出。

兩拳相撞，無形的勁氣在空中啪啪作響，圍觀的人群更是吐血翻飛。

張逆也被這一拳的恐怖力量震得瞪瞪後退了好幾步才停下來，突感身體一陣輕鬆，周圍的靈力瘋狂的湧入他的身體。

張逆知道，這是他突破到無海境了，這幾天他一直苦苦尋找那一絲突破的鍥機，在薛斌那一拳的壓力下突破自身極限。

蔡冰顏和藍心月則看出張逆的情況，才任由他擋在她們前面，藍心月立刻施展一個空間壁壘把張逆籠罩其中，防禦任何人的打擾。

薛斌看到張逆竟然在他的壓力下突破了境界，心下赫然，更是暴怒，森寒的長劍瞬間出現在手中，凌厲的劍芒攜帶著摧枯拉朽的氣勢向張逆殺去。

蔡冰顏一聲冷哼，白嫩的手指向著那劍芒輕輕一點，那劍芒瞬間被點碎，散落的劍色也消失在天地間。

「你真要在天寶商會門口動手嗎？」聲音婉轉動聽，但卻攜帶著絲絲殺氣。

那冰冷的殺氣讓薛斌瞬間冷靜下來，雖然他很狂傲，但也很聰明，此地不是他玄心劍宗大本營，身邊所帶的幾人都不知道能不能打得過藍心月，更何況這女子也不弱，而且還是美女，雖然臉被絲巾遮住，但看那傲人的身姿，也不會差到哪去。要想搶到這兩個美人，就必須通知宗內強者來幫忙才行。

薛斌思慮一番後，陰冷笑道：「你可知敢忤逆我玄心劍宗會有什麼後果？」

「我不知會有什麼後果，但我知道如果你再敢出手，結果就只有一個字——死。」

蔡冰顏語氣依舊雲淡風輕。

而空間壁壘裡的張逆正在瘋狂的運轉著混沌破天訣吸收天地靈氣，林陽城的上空頓時出現了一個龐大的靈氣漩渦，拚命的湧入張逆的身體，而他體內的斷劍也在不停顫抖，煉化著湧入丹海中的靈氣融入身體各處。

張逆感覺還是太慢，瞬間拿出一百萬靈石，抽取靈力融入自身後，才感覺到丹海基本達到飽和，自此他的修為才穩固在無海境一重。

混沌破天訣也突破到了第三層，運轉混沌破天訣一大周天，身體說不出的舒爽，絲絲縷縷的靈氣被提煉成混沌之氣溫養著全身。

他的身體也變得如銅皮鐵骨一般，據混沌破天訣第三層描述，身體全部和混沌之氣融合能練成絕無僅有的無上體質——混沌神體。而現在的他也只有混沌神體的雛形，離大成混沌神體還差很遠很遠。

混沌神體誅邪不侵，萬物不傷，真正的不死不滅。

張逆也很想看看煉成混沌神體後身體到底會強到何種程度。但只要想到需要那巨量的混沌之氣就不由得一陣唏噓咂舌，如果吸收一百萬下品靈石的靈氣進入丹海是十成，那這十成的靈氣被煉化成混沌之氣後就還不到半成。

張逆現在也知道了他在逆劍宗的那五年吸收的靈氣去哪了，是被劍柄提煉成混沌之氣融入了身體各處，五年時間吸收的靈氣還沒煉化到一絲混沌之氣。

想到此，張逆就是一陣苦笑：「哎！前途渺茫啊！」

藍心月在張逆的示意下撤掉空間壁壘，張逆緩緩走到兩女身邊溫柔一笑，說道：「辛苦妳們了，我們進去轉轉吧！那廢物不敢動手了。」

說著拉起兩女的玉手向天寶商會走去。

兩女看著此時的張逆，俏臉上頓時露出驚愕之色，不過才突破無海境，怎麼變化那麼大，氣息內斂，達到了返璞歸真的境界。

薛斌還真不敢動手，只是恨恨地看著三人，殺機四溢。

圍觀的人也紛紛搖頭離開，本以為可以看到一場精彩絕倫的大戰，於是紛紛大罵：「媽的，不是說玄心劍宗的人都是心狠手辣之輩嗎？怎麼怕了？不會是冒充的吧！」

薛斌聽到那些圍觀群眾的議論頓時一聲怒喝，震得林陽城都晃了晃，仰頭一口鮮血噴得老高，轉身眼睛猩紅地看著手下說道：「通知父親，派五個洞虛境在五天內趕到林陽城。」

天寶商會內，張逆又花了一千多萬靈石購買藥材，也好運的購買到一塊鎮魂石礦石。

「玄心劍宗的薛斌肯定不會善罷甘休，我們去練功房再修練一年吧！」蔡冰顏揉了揉額頭，「張逆你也把妹妹的身體治好，這樣在後面的大戰中會多一些勝算。」

「對不起，是我給你們添麻煩了。」藍心月滿臉慚愧地說道，「我也沒想到會在這裡遇到那混蛋。」

「我們是一家人，我們每個人都是這個家不可缺少的，以後別再說麻煩之類的話。」蔡冰顏溫柔的握著藍心月和張逆的手走向練功房

「那我們就為家而努力吧！」張逆笑著開口。

第十章

他不行

練功房中，蔡冰顏正在練習著混沌劍法，那曼妙的七彩身姿帶動著七彩神劍飄然而動，忽上忽下，很快就只看到一片七彩之光在閃爍，從遠處看去，那就是一片七彩的世界，如夢似幻，讓人忍不住想進去那片空間觀賞一番，但若真有人敢去，只會被那七彩光絞殺成虛無。

另一邊，張逆盤坐在聚靈大陣中閉目調息著，他周圍的靈氣非常濃郁，而藍心月則羞紅著小臉，心臟砰砰跳動著，身體都還不時的顫抖。

「蔡姐，快脫吧！我也早些把妳治好。」張逆也有些顫抖的聲音響起。

藍心月銀牙一咬，手一哆嗦，藍色長裙掉在地上，白玉般的肌膚，修長的大長腿瞬間出現在張逆面前。顫抖著在張逆對面坐下，呼吸都有些急促，低著頭不敢看張逆，雖然上次主動親吻張逆，但現在卻是脫光。讓她很不自然。

張逆聽到那急促的呼吸聲還以為出了什麼事，睜開眼後，瞬間氣血翻湧，心跳加速，鼻孔還流出了兩股暖流。喉結也在不停蠕動，頓時口乾舌燥。

藍心月聽到張逆吞口水的聲音，抬頭看向張逆，看到張逆鼻血直流，眼睛直愣愣的盯著，嘴巴張得大大的，更是一陣羞澀。忍不住咳嗽了一下。

張逆頓時回過神來，急忙擦掉鼻血，但怎麼擦都擦不完，只得找個柔軟的物事來塞住。

「調息一下就開始吧！」

此時的張逆不敢再瞎扯淡，真怕控制不住，畢竟他也是一個大小伙不是？畢竟他對面坐著的是一個絕色美女不是？只得再次閉目調息，但那心跳聲依然是很快。藍心月也同樣如此。

半個時辰後，張逆一隻手掌按在藍心月的身上，再次強行壓下躁動的心才牽引著太初仙火進入到藍心月體內。

藍心月香汗開始冒出。

張逆閉目不聞，小心的控制著仙火鍛鍊著藍心月的身體，另一隻手按在藍心月的下腹，灌入混沌之氣幫她滋養身體，雙管齊下。

「藍姐，妳這傷到底是怎麼搞的，怎麼會傷得如此重？」

張逆不得不轉移話題，他怕過不了多久真的會忍不住。

藍心月道：「天寶商會的規矩，凡進入商會的高層想要脫離商會，都要承受分會長的三掌，同時還要給商會十億下品靈石，你姐姐我現在可是窮光蛋了，你可得負責養我喔！」

說完跳皮的笑了起來。但剛笑出聲又痛得叫了起來。

「那也不應該如此虛弱啊！妳可是洞虛境一重強者，就算受三掌後受傷也能慢慢自動恢復啊！可是我感覺妳這傷勢還有擴散的趨勢，打妳三掌那分會長什麼實力？」張逆繼續控制著仙火若有所思。

「應該也就洞虛境六七重吧！他和我進入商會的時間差不多，我們也挺熟，當時的情況我能感覺到他也手下留情了，他所用的掌法也都是每個當上分會長必須要學的掌法，那也算商會的獨門功法吧，沒什麼特別的啊！」

藍心月也是有些摸不著頭腦，洞虛境修士就算受再重的傷也能自動恢復，雖然時間有長有短，但為什麼自己會越來越嚴重呢？

突然，張逆感應到藍心月丹海深處有一絲令人討厭的氣息，在吞噬著她的靈魂和靈氣，雖然很緩慢，但還是被張逆發現了。

張逆立即控制著仙火靠近那一絲氣息，頓時發出刺啦刺啦的聲音，那一絲黑氣也變淡了一些。他沒有再煉化那絲黑氣，而是又控制著仙火去向別處。但他的臉色陰沉了下來。

「有什麼特別的活動，你們商會會不會給你們獎勵？」

藍心月歪著腦袋想了一下，說道：「好像也沒有什麼特別的活動啊！加入天寶商會後，各種好品質的丹藥都是免費提供，而且還是不能不要的那種。這麼好的待遇誰又不用心做事呢，我的修為同樣也是加入商會後才快速提升的。有什麼問題嗎？」

此時的藍心月也沒叫了，可能是聊天減少了她的疼痛。

「沒有，只是有些好奇，天寶商會的會長是怎樣管理這麼一個龐大的商會。妳見過會長嗎？」

「沒有，我還沒有資格。」藍心月有些尷尬地笑了笑。

兩人這樣閒聊著過了半個月，藍心月的傷勢也好了大半，張逆現在神魂都消耗了不少。急忙拿出一顆補魂丹服下，而藍心月則是氣息越見渾厚。

如此又過了一個月，藍心月的傷勢也全好，氣勢渾厚圓潤。俏臉也變得紅彤形的。而張逆靈力差點耗盡，就算在聚靈陣內都無濟於事，輸出和吸收不成正比，特別是靈魂力量，更是在枯竭的邊緣。

張逆收回仙火，拿出補魂丹和補靈丹不停的吞服，吃了三十顆才開始運轉混沌破天訣煉化，他再次感覺到靈魂力和靈力得到了很大的提升。也許破而後立就是這樣吧！

忍不住再次看向藍心月，嚥了咽口水。雖然靈力和靈魂力得到了提升，但他這段時間的心神消耗實在太大，見藍心月也全好，也沒壓力了，直接就睡著了。

不知過了多久，張逆醒來，睜開眼看到藍心月正在穿衣服，再一次流出了鼻血。

藍心月急忙用手摀住，她根本沒想到張逆會在此時醒來，就在他面前毫無顧忌的穿衣服。

「呃，我先煉丹，蔡姐妳繼續修練混沌劍法。而藍姐我給妳另外一種武技——雷電之舞，妳的身體還有隱患，學會這武技後我才能給妳治。」說著拋給藍心月一枚玉簡。

「什麼情況？」蔡冰顏走到張逆身邊悄聲詢問。

張逆把藍心月的情況和自己的推斷告訴蔡冰顏後，蔡冰顏也變得神色凝重，心中也有些不敢相信：「千萬別是那樣才好。」

藍心月看兩人神色奇怪，好奇地問道：「怎麼了？」

「張逆說妳這體質適合生娃，所以妳的身體必須要多次錘鍊，不然多生幾個後就會精元虧損。」蔡冰顏嬌羞著說道。

「真的？可是我脫光光了他都沒什麼反應，我感覺他不行。」藍心月一臉沉思之色，「嗯，看來出去後該給他找些壯陽的藥材才行。不然年紀青青的，兩個漂亮的夫人也只能看著，哎！相公，你辛苦了。」

蔡冰顏聽完後頓時笑得花枝亂顫。

「妹妹，要不妳去試試看？」蔡冰顏不懷好意地笑了笑。

「還是算了吧！之前摸了那麼久都沒效果，現在再試，我怕相公會哭啊！還是出去後我們多找些藥給他吃了後再試，那樣相公也有面子不是。」藍心月俏臉上露出糾結之色。

張逆的臉也黑了，大怒道：「出關後，我要讓妳們知道妳們家的男人有多厲害。」

「哼，到時候別哭。」

練功房中半年後，張逆煉完了所有藥材，同時又給藍心月煉好兵器，他取名為心月劍。同時也用鎮魂石給她煉了一顆鎮魂珠，同時又用剩下的鎮魂石煉煉入他們三人的兵器中。

藍心月也不愧是練武奇才，不到半年就學會雷電之舞的前兩式，此時的藍心月又是赤身裸體的坐在張逆對面，張逆吞嚥著口水，不由得翻了個白眼：「狐狸精。」

沉心凝神調息了一會後，仙火再次鑽入藍心月的身體，駕輕就熟的去到丹海，找到那絲黑氣，慢慢的煉化著，三天後終於全部煉化，張逆又給她錘鍊了一遍身體。疼得藍心月嬌哼不斷。

就在張逆煉化那絲黑氣時，不知道離林陽城多少萬里開外的一個空間結界內中的龐大宮殿內，一個面容白皙的男子有些錯愕地看著宮殿上空的點點星光喃喃自語。

「怎麼會突然少了一個，是怎麼少的呢？是發現了這個祕密還是無意中被煉化的？希望不是祕密被發現。我就快要因為你們突破到破碎境了，別在此時出現意外才好。」

說完又開始運轉功法牽引著那星光的力量開始感悟。

這人就是天寶商會的創始人雲中天，兩千多年前，此人可是破天界的天驕人物，一手建立了遍布整個破天界的天寶商會，在那些年，他的名字都能讓人心生畏懼。但不知何故，千年前便很少出現在世人面前了。

練功房中，張逆也沉迷在不滅金身訣的感悟中，很快他就明白了其中的關鍵，不滅金身訣是依靠西門家的血脈之力來修練的，兩者是相互激發潛力的作用，若是單獨修練不滅金身訣，那是自找罪受，困難重重不說，還沒什麼效果。

修練不滅金身訣的首要條件就是雷、火鍛體，一般修士誰敢做這麼瘋狂的事，也只有西門家的血脈體質才能承受。因此西門家對不滅金身訣的管理也不是特別嚴格。就算別的修士掠奪了那西門家的血脈融入自身也沒用。

張逆不由笑了笑，這不滅金身訣的修煉方法真是給了我很大啟發，可以借鑑。慢慢的一部不弱於不滅金身訣的功法在他腦海中成型。

蔡冰顏練完混沌劍法第二式混沌無極後香汗淋漓，這差不多大半年來，他沒日沒夜的練著這一招，現在也基本達到小成，她的修為也因此而突破到洞虛第六重，精神力和肉身的力量也提升了不少，非常開心。這一切都是那個小男人給他的。

這個世界，功法何其難尋，何況還是這種逆天的劍術，每一個宗門都會把自己的絕學藏得嚴嚴實實的，害怕被人學了去，這些年來雖然她的修為有提升，但戰鬥力卻不怎麼樣，因為沒有適合她的功法，每次去報仇都是落荒而逃。

但從今以後這一切都會因張逆而改變，有時候她也在想，如果那天沒去到那片山脈和張逆發生那扯淡的事，現在的她又是在做什麼呢？難道這就是冥冥中早也注定了的嗎？

蔡冰顏不由轉頭看向張逆，幸福的笑了。

而此時張逆正好睜開眼，看到蔡冰顏的笑痴了，忍不住說一句：「好美！」

「快要到一年了，修練得怎麼樣了？」蔡冰顏看起來還在發傻的張逆問了一句。

「收穫很不錯，而且我還研究出一套煉體功法，很不錯，以後可以傳給破天宗的所有人。」張逆爽朗一笑。

「是嗎？我能練嗎？」蔡冰顏隨意地回了一句。

「這功法對現在的妳沒什麼用，但方法可以借鑑，畢竟身體的強度對以後也很關鍵。對了，九天玄黃訣，妳練到什麼程度了？」

「才第五層。」蔡冰顏頓時有些洩氣，嘟著紅唇，非常不滿意。

張逆不可思議地看著蔡冰顏：「妳居然那麼快就練到第五層啦！妳很厲害啊！妳沒感覺到妳現在比妳之前強了很多倍了嗎？」

「呃，好像是吧！我也沒太在意，就只是練啊練的就這樣了，可能是好久沒打架了，也沒發現有什麼不同。」

蔡冰顏有些躍躍欲試地看著張逆，那神情好像是在說：要不我們打一架唄！

「咳！」

張逆咳嗽了一聲，正色道：「妳現在多鞏固一下根基，爭取在突破第六層時練成玄黃聖體，不可為了求快，浪費得天獨厚的資源。」

「是，相公。」蔡冰顏嘿嘿一笑道，「不過我要修成那玄黃聖體太難了，總感覺差了點什麼？」

「應該是筋脈和穴位還沒有完全打通吧！修練九天玄黃訣的關鍵是煉體，只有足夠強大的體質才能在玄黃之氣的洗禮下練成玄黃聖體，以後我每天都用仙火給妳煉一遍，再用混沌之氣溫養，應該會有意想不到的效果。」張逆若有所思地說道。

「我看你就沒安好心吧！騙我脫光光。」蔡冰顏白了張逆一眼。

「俺們都是兩口子了，還在意這些細節？」張逆沒臉沒皮地說道。

這時藍心月那魅惑的聲音傳來：「我也要煉體。」

「好啊！好啊！嘿嘿嘿……」張逆嚥了咽口水，呵呵直笑。

「哼，你還是認真給我們煉體吧！別的心思收起來，不然很傷身的。再說了，就算要想也等我們出去後給你買些壯陽藥吃了再想。」

藍心月紅著臉說道：「相公，你說是吧！哎！也不知道吃藥能不能吃好。」

張逆忍不住在心中大罵：「妳這個小妖精，等把這裡的事結束後讓妳知道我的厲害。」

從這天起，張逆就每天給兩女用仙火煉體兩個時辰，搞得他每天氣血翻湧，也是他定力太強，不然恐怕早就血管爆裂而亡了。

看到張逆的無動於衷，兩女更是大膽，直到出關的前一天，張逆的靈魂力竟然增長了一大截。

走出練功房，藍心月著急地對著張逆說了一句：「相公，我去給你買藥。」說完風一般的跑開了。

「蔡姐，我身體好得很，沒病啊！」張逆一臉悲憤地看著蔡冰顏抱怨。

「這很簡單嘛！證明給她看就行了。」蔡冰顏沒好氣地說了一句。

回到莊園，看到那幾百個女子都在吸收著天地靈氣，蔡冰顏用大神通凝聚了一個大水池，水池中灌滿了靈液。

而張逆則是把仙火直接分成了幾百份，分別注入體內，幫助她們粹體，那些女子紛紛痛叫出聲，張逆沉聲喝道：「妳們要想變強，要想以後不再被欺負，這些苦痛必須要忍住，曾經的我也是這樣過來的，當時我也覺得痛，恨不得馬上死去，可是我不想死，我不想那些為非作歹的人逍遙的活著。想到這些，我忍住了，妳們呢？」

聽完張逆的話，那些女子神色都變得更加堅毅。

張逆也露出滿意之色。又用精神力感應了一番她們的體質後，又根據她們的體質烙印了一部功法在她們的腦海。做完這些，張逆才稍微鬆了一口氣。

夜晚，張逆在一個房間裡打坐調息，這時蔡冰顏和藍心月打扮得很嫵媚的走了進去。

——待續

國家圖書館出版品預行編目資料

混沌破天訣 ／ 一個人KTV作. --初版.
--臺中市：飛燕文創事業有限公司, 2025.03-

冊；公分

ISBN 978-626-413-110-0(第1冊:平裝).--
ISBN 978-626-413-111-7(第2冊:平裝).--
ISBN 978-626-413-112-4(第3冊:平裝).--
ISBN 978-626-413-113-1(第4冊:平裝).--
ISBN 978-626-413-114-8(第5冊:平裝).--
ISBN 978-626-413-115-5(第6冊:平裝).--
ISBN 978-626-413-116-2(第7冊:平裝).--
ISBN 978-626-413-117-9(第8冊:平裝).--
ISBN 978-626-413-118-6(第9冊:平裝).--
ISBN 978-626-413-119-3(第10冊:平裝).--
ISBN 978-626-413-120-9(第11冊:平裝).--
ISBN 978-626-413-121-6(第12冊:平裝).--
ISBN 978-626-413-122-3(第13冊:平裝).--
ISBN 978-626-413-123-0(第14冊:平裝).--
ISBN 978-626-413-124-7(第15冊:平裝).--
ISBN 978-626-413-125-4(第16冊:平裝).--
ISBN 978-626-413-126-1(第17冊:平裝).--
ISBN 978-626-413-127-8(第18冊:平裝).--
ISBN 978-626-413-128-5(第19冊:平裝).--
ISBN 978-626-413-129-2(第20冊:平裝)

857.7 114000815

混沌破天訣 01

出版日期：2025年03月初版
建議售價：新台幣190元
ISBN 978-626-413-110-0

作　　者：一個人KTV
發 行 人：曾國誠
文字編輯：小玖
美術編輯：豆子、大明
製作/出版：飛燕文創事業有限公司
公司地址：台中市南區樹義路65號
聯絡電話：04-22638366
傳真電話：04-22629041
印 刷 所：燕京印刷廠有限公司
聯絡電話：04-22617293

各區經銷商

華中書報社	電話 02-23015389
旭昇圖書有限公司	電話 02-22451480
智豐圖書股份有限公司	電話 05-2333852
威信圖書有限公司	電話 07-3730079

網路連鎖書店

金石堂網路書店 電話：02-23649989
網址：http://www.kingstone.com.tw/

博客來網路書店 電話：02-26535588
網址：http://www.books.com.tw/

若您要購買書籍將金額郵政劃撥至22815249，戶名：曾國誠，
並將您的收據寫上購買內容傳真到04-22629041

若要購買本公司出版之其他書籍，可洽本公司各區經銷商，
或洽本公司發行部：04-22638366#11，或至各小說出租店、漫畫便利屋、各大書局、金石堂網路書店、博客來網路書店訂購。
▶如有缺頁、破損，請寄回更換！

Fei-Yan
飛燕文創